# 就在晴朗里

潘云贵 著

江苏凤凰文艺出版社

图书在版编目（CIP）数据

站在晴朗里 / 潘云贵著. -- 南京 : 江苏凤凰文艺出版社, 2025. 6. -- ISBN 978-7-5594-8875-6

Ⅰ. I267

中国国家版本馆CIP数据核字第202458XC66号

## 站在晴朗里

潘云贵　著

| 责任编辑 | 项雷达 |
| --- | --- |
| 图书监制 | 古三月　孙文霞 |
| 策划编辑 | 陈艳芳 |
| 封面插画 | 红花 HONGHUA |
| 书籍装帧 | 吉是果 |
| 字体设计 | 里昂造字 |
| 版式设计 | 姜　楠 |
| 出版发行 | 江苏凤凰文艺出版社 |
|  | 南京市中央路165号，邮编：210009 |
| 网　　址 | http://www.jswenyi.com |
| 印　　刷 | 唐山富达印务有限公司 |
| 开　　本 | 880毫米×1230毫米　1/32 |
| 印　　张 | 7.75 |
| 字　　数 | 167千字 |
| 版　　次 | 2025年6月第1版 |
| 印　　次 | 2025年6月第1次印刷 |
| 书　　号 | ISBN 978-7-5594-8875-6 |
| 定　　价 | 49.80元 |

江苏凤凰文艺版图书凡印刷、装订错误，可向出版社调换，联系电话025-83280257

祝你一路无雨也无霜,
让晴朗成为自己一生的好天气。

## 序

### 打开我们被困住的人生

生命中有哪个瞬间感觉自己被困住了?

像在一片荒原里,久久地漫步,始终无法找到一条道路或望见寥寥人烟。

像游弋于汪洋之中,双臂奋力划水,在水中开出一条路,却无法触碰到岸或池壁。

像乘坐技术已然成熟的飞船,沿着一条条精确测量出的轨道路径,抵达一座座星球,却依然无法瞥见茫茫宇宙的边缘。

生命似乎是永恒的悬空状态,一切都困于此刻,一切都悬而未决。

一日午后,我站在学校某个角落的自动贩售机前,盯着卡在出口的那瓶牛奶。我一次次地按退币键、重置键,一遍遍地拨打客服电话,对面始终是忙音。我没有离开,就那样站着。阳光灼烫,蝉声喧哗,脚下的影

## 2

子被烈日钉在原地。生出的执念猛烈得让自己都害怕。我总觉得会有人来，帮我解决眼前这个困境，是牛奶的困境，也是我的困境。

两个小时后，工作人员出现，打开了贩售机。那瓶牛奶终于来到我手里。它如同一种证明，让人知道等待或许真的会有回应。可人生满是无尽的寂静，很多时候，我们都站在一口深井前，投入石子，毫无回音。

很长一段时间里，我感觉自己就像那瓶卡住的牛奶，被困在某个缝隙里，无法挣脱，一动不动。小半生里有得是这样一次又一次被困住的时刻。

出身在底层农民家庭的我，从小就要学习与贫穷的处境和解。台风天里，屋顶漏雨，就要跟家人迅速摆好一排脸盆，静静聆听着雨水敲击出的乐声，并等待风雨过去；父母凌晨四点就要起床，担起箩筐去市场摆摊。他们匆匆奔波谋生，只煮了一锅米粥便出门，我跟哥哥姐姐就往粥里加少许白糖搅拌，吃完上学；桌上剩一个馒头，你让我，我让你；牙膏快用完了，也要用牙刷柄从尾处至管口滚一遍，挤出最后一点……

父母常说我们这些孩子如果生在别人家,该多好。面对一出生就一无所有的人生起点,我从不埋怨父母。他们苦命半生,全靠体力和一个个盼头,与命运抗衡,涉过夜晚的河流,带领孩子摸向黎明的花朵,不辞劳苦,而我怎还能怪罪他们?他们何罪之有?

　　贫困如同一场漫长的雨季。雨过去了,雨声却依然时时在耳边响起。

　　到县城读高中时,我被困在了一场青春的较量中。我的同桌L个儿高腿长、皮肤白皙、长相俊朗,而且他家境优渥、性格爽朗,在班级里备受欢迎。或许因他的存在太过耀眼,以至于很长一段时间里我都不愿看他、回应他。我在他身旁只能看到自己的暗淡,也永远无法拥有主角的光环。

　　那时候,我还在想方设法攒钱买一套《哈利·波特》,而他已经在研究新买的数码相机的景深调节。当我好不容易喝上一杯奶茶的时候,他已经跟朋友坐在学校附近的星巴克里,喝着一杯足以抵得上我两天饭钱的咖啡。某一次他看见了我,走出来叫我。或许是紧张、羞赧、自卑的缘故,内心生出的怯如猛虎般扑来吞住我,我只顾着慌乱逃走,都没回应他一句。

*4*

人与人的命运，在一开始就如此悬殊。我和L之间的距离，就像小时候玩跳格子的游戏，我好不容易跳到他在的方格，而他已经单脚跳去了更远的地方。

我像陀螺困在那场默默的较量中，不被谁注意到，只是旋转，不停地旋转。唯有这样，不聪明的我才能依靠这些努力，获得一个不算太差的结果。高考结束，我比L多考了十来分，虽然那样的分数在千军万马的高考大军中毫不起眼，却是我难得赢了L一回的证明，我比谁都珍视。结束了那一场青春里最漫长的兵荒马乱，我的视线里不再出现L后，我才好像活在自己熟悉的世界里，得以松了口气。

而我的人生就此步入正轨了吗？一切都顺风顺水，四方皆是坦途？显然不是。大学期间，和室友日常相处的窘境、拿奖学金的各种艰难、评优时的诸多复杂情况……依旧让我觉得自己仿佛是泥沼里被困住的那只羊，是自动贩售机里被卡住的那瓶牛奶。

而毕业后进入职场，我也未曾如意。工作中长期吃力不讨好，又暂时找不到出口。

日复一日，困境愈大，江海愈深。潮水侵吞我，淹没我。在一个昏昏欲睡的午后，一股力量突然间充满了身体，要拉我逃出围城。我跟自己说，要自渡自救，唯有改变。

我是铁了心要离开那种原地踏步、看不到自己一丝进步的生活。于是我决定读博，为了给自己挣一条不同的出路。备考的日子显得格外孤寂，我仿佛踱步于暗夜的荒原，无光照我，我就自己手持微火前行；无路可走，我就自己硬生生踩出一条路来。

白天工作，晚上复习外语和专业课到半夜一两点。周末在图书馆里泡到深夜，阅读大量资料，做无数的题。有时候，累得连笔都拿不动，但我心里清楚，不能停下来，绝对不能，因为一旦停下，就会被巨浪淹没，我又要陷入无限循环的生活中，重复昨日种种。我红着眼睛，咬着牙坚持下去。随后自己辗转多地，在经过几场复试、身心俱疲的一刻，幸而听到命运由空谷传来的回声。

人生确实太像从一口井跳到另一口井，从一座围城逃向另一座围城。即便如此，我也不曾后悔。我没有什么可输的，回头看来时路，自己一无所有，所以面向前方，我迈出的任何一步都是

# 6

一种可能，都是一种改变，都是一种获得。

读博的生活并不如我想象得那么美好，尤其是到后期撰写毕业论文阶段，我成为一个住在盒子里的人，整天面对诸多文献资料，把自己训练成一台机器，不断检索、整理、分析……盒子外的世界，我无从得知，也无暇得知。

跨年夜，我蜷在宿舍的薄被里，窗外汽笛声声，烟花如裂帛，余光照进屋。手机屏幕明明灭灭，无数人正在聚会、欢呼、拥抱，庆祝新年的到来。而我在起身用电水壶续烧上水，看白雾漫过斑驳的墙，瞥见了镜中那张三十多岁毫无生气的脸。

我要在盒子里住多久？没有人告诉我，而我自己也不知道。内心只有一个声音在对我说："你不用多想，尽管去做！"而事情的确在行动中得以解决。在很长一段时间内，我以为人生被困住了，没想到某一天，我竟发现显示屏上已经是毕业论文的最后一页。

岁月从不是暴君，它允许我们在裂缝中种花，允许伤口长成河流，允许所有未寄出的信终将抵达某片应许之地。

提交完博士论文那天，我走出那个狭窄、漆黑、终日只有电脑显示屏在闪烁的盒子，开始学着收拾生活的残局。我回了趟老家，当走进县城里最明亮的咖啡馆，气定神闲地给自己点上一杯咖啡时，我想起了 L。年少时他也常跟人坐在这里，而我却用了十多年的时间才能没有任何负罪感地品尝咖啡。

从不浏览别人社交平台的我，竟在那一刻打开朋友圈，看到了 L 的结婚照。在酒店的豪华宴会厅里，香槟塔在镁光灯下折射出碎钻般的光，他递给新娘的大束玫瑰红得刺眼。他的笑容依旧明亮，是我无论努力多少年都无法拥有的。而我，在那个瞬间对 L 只有祝福，没有妒忌，没有艳羡，也全无年少时想与之较量的劲儿了。

多年之后回想往日，我才意识到当初自己并非真的想与人比拼，只是在这一过程里极其笨拙用力地回应着那个希望被这世界认同、喜欢的自己，那个自己被困在一种期待中，悬于一种现实与理想之间。理想是天，现实是地，我孤悬其间，无法触碰任何一方，这里是梦与幻想永恒的部分。

暮色漫进来，照在咖啡上。生命的磅礴与伟大、悲伤与黯然，都凝结于此。我们或许从未真正拥有过这个世界给予的温柔，但这不妨碍我们给自己一个温柔的人生，活成自己的光亮。

等待的代名词从来不是画地为牢，破局的最佳方式也并非奋力挣脱。将被困住的日子当作自我蓄力的时间吧，在春天还未抵达生命的原野时，只管耕耘，只管休息，只管把自己照顾好。

坦然接受一切，那些自卑、那些失败、那些努力向上的时刻、那些不肯放弃的信念、那些遇见的人、那些错过的事、那些终于能大声说出的话、那些永远只能留在心底盛开的秘密，都是照亮你我生命的火光。将这火光存放在心底，面对苍凉人间时，活着就有了一股暖意。

靠着这微微的光、点点的暖，你就有力气走出来，去把握一个值得期待的明天。没有什么可以困住你，宇宙这么大，也不过是你做的一场梦。

如今，我想把这些话告诉正翻开这本书的朋友，送给所有曾背负过生活重担的人。

在这晦暗不明、困局重重的世界，请你时刻相信，你本就勇敢，本就是光，本就有能力解人生之困，你值得被这人间所爱。

你要站在晴朗里，让晴朗成为自己一生的好天气。

## 第一辑　香气游来的光阴

橘香轻漾
潮水没有追上我们
劈波斩浪的时光
风若年少的回声
历历万乡
曾是白马少年时
骑岁月的风捉一只温柔的蜻蜓

034　029　025　019　012　007　002

## 第二辑　人间万物，同我仰春

我想和你说起一朵云的美好
看向一朵花
我见青山
山中的等候
岛屿的呼唤
人间万物，同我仰春
叶落知多少
唯有孤独才能走进风景
起舞吧，在山川原野间

090　084　078　070　064　057　052　047　042

## 第三辑　我们珍重，待春风

一身是月

远去的墨香

茶中窥少年

在自己的宇宙里放声高歌

钟声下的枕眠

萤火少年

温故，侍春风

096　101　106　111　116　123　127

## 第四辑　我想用这一生照亮你

不忘青梅少年时
少年心底睡着一颗星
你的晴朗落在冰上
想给你写封长长的信
做你的歌颂者
春风吹啊吹，花鸽子舞啊舞
放下你

171　166　160　154　147　140　134

## 第五辑　蹚过岁月的深雪

从时代列车上走下的人　182
空寂蝉壳　188
和光同尘　196
雨天的课　202
山水里的父亲　206
千山告白　222

第一辑

香气游来的光阴

## 橘香轻漾

一到夏天，世界的味道就会变得浓烈起来，不用伸长鼻子闻，气味就游过来了。

林中老树清幽又带着些许腐烂的味道，田园里瓜果藤蔓在日光下散发的香气，雷雨过后草地湿润的气息，还有冰镇的西瓜被切开后流淌出的汁液甜味，母亲在天台上晾晒的衣物那一层还未消散的洗衣液清香，这些味道组成了夏天，也组成了我的童年。

想起来，从小到大，从往日时光深处最先飘出的是一缕橘香。橘子是我最常吃到的水果，倒不是因为父亲有种果树的关系，在他那片辛勤耕耘的小小的果园里，有柚子、龙眼、杨桃、柠檬、橄榄等南方常见的果子，却没有柑橘。是因为早年家中财运不佳，而且母亲有在外摆摊卖食杂，便请了一尊财神爷到家，定期摆上水果供奉，保佑家中财运亨通、家人平安健康。所以我能常吃到橘子，是托了财神爷的福。

许是水果要供奉几天的缘故，母亲买回来的橘子还带着点青皮，果香带酸。而放置数日后，熟透的橘子，甜掩盖过了酸，轻轻一咬，汁液迸溅，口中仿佛流淌着一条蜜糖般的河流，一颗颗牙齿浸在其中，像一个个游腻的孩童没有脾气，身子都软下来。

我喜欢把手洗干净去剥橘子的瞬间。小小的橘子仿佛打开了一个香味的宇宙。在不一会儿的时间里，屋子里都是橘子的香气，无论在哪个角落都能闻到。它让我感受到微小的个体在面对比自身庞大的环境时，也能带来一种隐秘而巨大的力量。

在乡下成长的人，能见到在时间的魔法下瓜果生命的变化。我曾见过一片橘子林，春夏时一片青翠，明晃晃的阳光底下，仿佛发光的深色翡翠。到了秋天，橘林浸染着层层的黄，果实也熟了，向着四处散发出浓郁的果香。闻着气味，越来越多的鸟来啄食，人也一批一批地来了，这是孩子们最喜欢的季节。

我们爬上树，摘果子，这边用手掰一颗，那边用钩子弄下一颗。底下也有伙伴接应，视线抬向高处，直溜溜盯着钩子伸去的方向。果子像比我们还小的孩童落下来，在摊开的袋子里跳跃着，彼此触碰。树上往往也藏匿着许多鸟，我们一上树，它们就惊得从四处飞起，红的，黑的，黄的，灰的，仿佛长在树上的花，一瞬间开了。

长大后想起那生动的一幕，有些懊悔，那一棵棵树是鸟栖息的家园，我们为了满足自身的欲望打扰了它们。我也会生出一些

## 004

遗憾，没有细细去看那一只只鸟，它们的美在自己的回忆中就显得有些寂寞了。

在我用过的几款香水中，至今都喜欢柑橘味的，清新中又带给人一丝温暖。最早闻过一款气味清甜的香水，是从一个同学身上。记忆很遥远了，但印象中那似乎就是橘子味。

他的家教应该很好，他是我印象里为数不多在少年时身上会喷香水的男生。他对人友善，没有丝毫脾气，见到我，总会微笑。我从小跟人关系都不亲密，不管是对女生还是男生，都保持距离。一是父母管教出的结果，二是自身底层的成长环境，让我年少时多少有些自卑。他不计较，会主动找我玩，在他的卧室里，我们看了一个夏天的《哆啦A梦》和《名侦探柯南》，他妈妈会切好水果，端到房间里给我们。他好像从不忧伤，嘴角总上扬着，眼睛里的光是夏天树枝上浮动的日光，明亮，却不刺眼。

我有时也在人海中闻到相似的香味，但怎么找，也找不到那个朋友了。他父亲在外地办厂子，他小学还没读完，就跟着家人搬去别的城市生活了。我偶尔还会梦见他，梦中也是那种味道，闻着闻着，自己仿佛被这世界拥抱着。在深夜回家的路上，闻着自己身上柑橘的香水味道，像夏天，像朋友，都在身旁，一个人走着，也很安心。

在夏天的傍晚，路过家附近的中学，会遇见成群结队骑单车的少年，他们眼神清澈，身板清瘦，宽大的校服在风里仿佛船帆飘荡。一副年少天真又无畏的样子，张扬里又透着些许羞涩。他们说着什么，顷刻间一群人都大笑起来，那是成人世界不再有的爽朗笑声，成为一股暖流，向着归家的方向流淌。

　　黄昏的光线照在这些年轻的面孔上，他们仿佛是从我身旁路过的一颗颗橘子，是未熟透还带着一点青的橘子，那么新鲜，带着夏天的气息，身上尽是生命中最好的光阴。只要想起他们，仿佛夏天就一直在。

　　在生命漫长的旅途中，鼻子能记住的味道有很多，焚香的味道，水边的味道，切洋葱的味道，蛋糕的味道，动物毛皮的味道，初雪落到鼻尖融化时的味道……这些气味连在一起，组成了另一条我们成长的道路，时间的沙漏里不仅装着沙，也装着这些味道。它们幽微隐秘，却丰富着记忆与生命的体验。我们的酸甜苦辣在那里面，我们的喜怒哀乐也在那里面。

　　但内心也自知一个事实：我们无法在现实中再返回过去的生活。一切都只剩浮光掠影，在脑海中泛起微波，此刻与过往再如何交叠，也只是局部相似。但仅仅依靠这些，我知道自己无论到达岁月的哪个阶段，都能拥有在记忆中返回原点的力量。在现实里，每个人自然无法回头，回头成空。

　　当我回到家中，从果盘里拿出一颗橘子，便又惊动了那一阵淡淡的香气。我闭上眼睛，深深呼吸，在这味道里，整个人仿佛沉到隐匿的海底，肉身也消散在这气味中。我也是一缕橘香，正

**橘香轻漾**

飘往故乡，飘向那遥远的童年。

　　在大地上，一片又一片的果林变得金黄，风吹来吹去，树反复摇摆，宛如一双双手在打招呼，告诉村子里的人，果子成熟了，快来摘，快来摘。一颗颗橘子有时没等人摘走就纷纷落到地面，散发出清香来。香气从窗户外不断漏进来，很快充满了我的房间，鼻子轻轻一吸，香气就挤进鼻孔里，身体里似乎也瞬间充满了这些味道。

　　闻着眼前的橘子，被遗忘的部分瞬间苏醒，连同那时的人跟事情，也渐渐在我脑海中清晰起来。仿佛时间的浪潮在这气味里褪去，露出往日的暗礁，上面遍布着我熟悉的青苔。这是我曾经站立的地方，也是我此刻生命继续出发的地方。

## 潮水没有追上我们

学校宿舍外是一片无边无际的大海。无论昼夜，此起彼伏的阵阵涛声仿佛是海的絮语，又像是一种藏在遥远记忆里的声音呼唤着我。

我常走到海边，试着将整个人融进海风里。眼前鸥鸟翔集，惊涛拍岸，海浪一次次涌上来，如同一张巨口决绝地吞噬着一块块礁石。日暮时，涨大潮了，涛声呼啸，没过一会儿，离我最近的那块礁石彻底淹没在了浪潮中，成为大海身体里的一部分。自然有种无比神奇又让人心生畏惧、望而却步的力量。

大浪拍打着一切，吞噬着一切，同我少年时期那一场场汹涌的大水连成一片。

南方汛期，大雨接连不断，村子山上的水库常发大水，潮水汹涌，像一头狂怒的巨兽从高处奔来，无情吞噬着村庄的低洼地带。那些低处有田野、沼泽，有猪圈、鸭圈，也有我的家。

父亲长年在山上做工。印象中他有几次骑着自行车匆匆往家赶，气喘吁吁，脸色显得有些苍白。他着急地说："快，快搬，水库要放大水了！"话音刚落，一家人就赶紧把被褥、日用品等生活物品和食物从低处搬到高处。每一次都像是在与时间和潮水赛跑。

父母在屋子里来回忙碌，手中的活儿一刻也没停下，脸上尽是湿漉漉的，不知是汗，是雨，还是泪。他们满是忧虑，迅速挪动一件件家具，又马不停蹄地把粮食和贵重物品放在高处。我看着他们的背影，心中涌起一股酸楚与敬意。他们是用行动告诉我，一定一定要保护好我们的家，不能让潮水淹没。

我跟哥哥姐姐因为年纪小，力量小，就只能帮忙搬运小件物品。大水很快到来了，先是没过了我们的脚踝，然后是膝盖。面对湍急的水流，我们心中满是恐惧，但一家人都没有停下。一个信念支撑着我们：只要努力，潮水就不会追上我们！但有时候运气不佳，大家速度慢了，大水便如猛兽一般袭来，家里的东西漂的漂，湿的湿。一堆东西被大水浸泡得没法用了，需要重新添置，这无疑令我们贫困的处境雪上加霜。

那些日子，我常常梦见潮水追赶着自己，我在激流中挣扎，无法逃脱。梦境中的场景显得如此真实，我甚至能感受到洪流的冰冷，听到它的咆哮。我看见家中的物品被大水卷走，食物、家具、衣服……甚至我平常看的连环画，都被无情吞噬。我想要抓住它们，手却难以触及，只能眼睁睁地看着它们消失在汹涌的水流中。

而我也想逃跑，脚却被困住了，动弹不了。大水泱泱，要将我吞没。我大声呼救，但喊声却被大水哗然的声音盖过。我是一个如此渺小的存在，无法抵抗这一股强大的力量。

每一次从梦中醒来，我都会记得那种深深的无助与恐惧。但当自己意识到那只是梦，就有种庆幸之感，不禁舒了口气，心想：我们的家并没有被大水淹没，糟糕的环境也可以改变。

二十世纪九十年代，市场经济快速蔓延，父母也跟随时代的洪流踏上谋生的征途。天刚蒙蒙亮，他们就煮好粥，喊醒我吃了去上学。睡眼惺忪间，我瞧见他们挑着箩筐步履蹒跚地走出家里那扇漏风漏雨的木门。他们每一步的负重前行，都在年幼的我心中落下一个个铿锵有力的脚印。入夜时，他们带着满身疲惫归来，手上是新添的茧子，肩上是红肿的包。父母没有怨言，缄默的他们心中却有一团火，照亮着通往美好生活的路途。那小小的食杂摊，是他们对抗命运的战场。终于，一分一秒的付出，有了一砖一瓦的累积。一座水泥房拔地而起，像是我们家对贫穷的过去宣告胜利的纪念碑。

我们搬离了那座搭在低洼地上的家。因为洪水在我们心里留下了很深的阴影，父母特地把新家的地基建得很高。往后的日子，若水库再放大水下来，我们也不再害怕，不再慌张。洪流从门前经过，如同熟悉的路人与我们一家人对望。它没再冲进屋来，也没再没过我们的膝盖。家里的物品安然无恙，仿佛一个个见证者，目睹着我们与昨日的苦难告别。

成人之后，越来越多猝不及防的事情闯入我的生命中。烦恼、失落、不堪、狼狈常常一并涌来，我仿佛被卷入巨大的浪潮里，每天都无法在平静中呼吸，但曾经受过的种种苦仿佛为这一切做了彩排、预演，使我能够在跌落谷底时将自己的人生重新托举起来。在风雨中成长起来的孩子深知努力的意义，他们是在一望无际的荒原中让自己找到希望，找到勇气，找到路，找到灯，找到一棵开满花的树。

　　如今，我站在学校宿舍外的海边，每天看着潮涨潮退，想起生命中的起起伏伏。这一块块的礁石在傍晚时被海水吞没了，但到了明天，它们重新出现在人们眼前，犹如强压之下一群不屈的斗士。对它们而言，辽阔无边的深海并非巨兽，而是星夜之下一床温柔的被褥，伴着它们入梦。我听着大海的涛声，也如同聆听自己的心声。曾经席卷而来的洪流，早已成为成长途中飘扬的彩带，迎接我一次次的蜕变。

　　无论未来的潮水如何汹涌，我都希望自己能始终像父母一样，坚定地面对苦难，勇敢地对抗苦难。我清楚，只要带着信念坚定往前，潮水终将退去，而我们将如屹立在潮水之上的高山，俯瞰风平浪静的世界。

　　有时，我还会梦见童年时大水过境的情景，一切都被冲刷，一切都在漂浮。在汹涌的浪潮中，家里的小木桶竟然变成了一艘大飞船，父母在船长室里控制着飞船前行的速度和方向。

我们一路飞行，一路将逃难的动物、人群接进船舱。身后的潮水再无比凶猛，也始终没有追上我们。璀璨的日光刺穿黑暗的天空，一束束光在眼前绽放。飞船上的所有人都松了口气，露出笑容，我看到那是一种从未有过的安心和对未来最朴实的向往。

## 劈波斩浪的时光

烟雨时节，我常一个人登上屏山高处，俯瞰故乡三溪。

潼溪、南溪、北溪，仿佛村庄的三条血脉在静静流淌。村民临水而居，早先是一排排木质房屋，后来有自家推倒的，建了水泥楼房，没推倒的也因长久无人居住而荒废，宛如骨头坏掉的老人身体倾塌，努力撑着日子。雨雾朦胧间，村庄屋宇错落，草木青青，石桥座座，还是留有几分江南水乡的况味。

不禁想起温庭筠的那首《望江南》："梳洗罢，独倚望江楼。过尽千帆皆不是，斜晖脉脉水悠悠。肠断白蘋洲。"小令以江水、远帆、斜阳为背景，写出思君女眷倚楼远眺、盼君归来的闺怨愁绪，笔触空灵疏荡，一方江洲也成了浓烈相思的承载体。而我最初是被其中一句"过尽千帆皆不是，斜晖脉脉水悠悠"迷住的，如我看到的故乡风景。

五月端午，满街门前挂着艾草，粽子飘香。爆竹声声中，一艘艘龙舟入水，顿时锣鼓声、呐喊声响彻天地。黄昏给它们渡上金光，粼粼的水面也仿佛撒了一层金粉，世界在眼中如此璀璨辉煌。这是我童年至今所见到的未曾改变的风景。

锣鼓喧天，龙舟溅着白浪驶过，仿佛是在腾云飞翔，大家划着柳叶桨随锣鼓敲打出的节奏一张一合。沿河两岸挤满看龙舟的人，或来自本村，或是邻村来的，甚至还有众多从数十里外的市区驱车前来的游客。人流如织，络绎不绝。尤其是在入夜后，两岸华灯亮起，人们影影绰绰，摩肩接踵，争相围观这千百年来三溪夜赛龙舟的非遗习俗。

一艘艘龙舟过去了，像鱼游过，水自动缝合了伤口。而锣鼓声还很响亮，我的耳畔许久过后依然咚咚作响。桨声灯影，声色如梦，治愈着人世间每一个孤寂而疲倦的灵魂。

孩童时期，父亲带我游泳，溪水冰凉，我像被水蛇缠到一样飕飕往父亲肩上爬。父亲心狠，拉我下来，我便倒进溪里，扑腾扑腾，喝了一肚子的水。我大哭，众人笑。奇怪的是，那时候吞下的水，并没有消逝在时间的腹中，而是在事隔多年以后顺着记忆的渠道，从我心底涌出，抵达舌苔，泛起一股清甜的味道。

我从小就是这样一个怯弱的人，直到小学快毕业的时候，突然发现自己原来也可以成为一个勇敢的人。

当时，身为少先队大队长的自己，被老师叫进三溪村的少年

劈波斩浪的时光

龙舟队,并担任队长,要跟邻村的一个小学竞渡。可我不会划龙舟,但又不想别人知道,就决定自己悄悄练习。

一放学,我溜到南溪畔,怕同学认出我,就戴了帽子,并把帽檐压得很低。上船后,我学身边的大人摆弄船桨,动作生疏,水花乱溅,就慢慢调整,熟悉。大家听着鼓声,一边口中应和,一边有节奏地用力划开水,溅起层层白浪。

龙舟都放在南溪里划,溪面教窄,最多可容纳四五艘龙舟同时竞渡。入夜时,大家视线不太清晰,偶尔会有几艘龙舟相撞。我经历过一回,船挤到一起,众人无法将船划开,就任由舟子相挨,人间顿时在眼前摇摇晃晃。

我失去平衡,落入水中,幸好水浅,脚还能触地,但也被水呛到了,自己又哭又笑。大家一一从龙舟上下来了,无论多大的人都像小孩子一样打起水仗。向来孤单的我,在那一刻,感到自己心中的水域变宽了,越来越辽阔。

除去端午节,平日来溪边的人不多,水面也无龙舟停泊。倒是偶尔会见到捡拾溪中垃圾的小舟轻盈游于水上,与其说在工作,莫如说是在散步。看到水,我早已同村里人一样,不是想着游泳,就是想划船,似乎这样的文化基因都刻进了身体里。

成年后,我渡过许多江流。经过江浙沪一带的古镇水乡时,自己会在窄窄的河道上寻找故乡的身影。石板路像,垂柳像,临水而建的古厝像，屋瓦像，美人靠像，但它们都太小家碧玉，支撑不起五月那一场盛大的龙舟竞渡的恢宏气势。无论何时，身处何地，故乡还是拥有它无法代替的模样。

重庆江流众多，长江、嘉陵江、乌江、綦江、涪江、渠江……终日流淌不息。在我暂居山城的日子里，若是盛夏暑闷之时，也总想脱下衣服往水里钻。天地之间，我把汗湿淋漓的身体寄存在这清水中，把烦恼一一丢在岸上，不管了，只管化作一条水中鱼，恣意游弋，仿佛自己身在故乡那样。浪涛似乎刚睡醒，极为温柔涤荡着我的身体，我像一匹舒展开的绸布，被风和引力轻揉。

有时在睡梦中，一张床似乎也成了河流的入口。自己张开了四肢，划啊划，游啊游，现实与梦以一条河流的模样连通，我游回了家，跟众人全神贯注聆听着鼓点，摆弄着船桨，划起龙舟。

小川曾跟我在公园的湖里划过小船。船身窄，不长，仅有前后两个座位。那塑料制出的船桨桨柄很细，桨叶空白。我盯着细看半天，小川不解地问："是坏了吗？"我摇头，回答："没坏，是觉得很像我家划龙舟用的柳叶桨，但这桨叶没有图案比较乏味，我们家里会在上面用福州大漆画鲤鱼，画莲花……"小川听我说完后来了一句："想家了吗？"我答着："不会，有水的地方都像我家。"

我们把船划到湖中央时，小川又问我："一定会游泳吧？"我点点头。然后他就收起桨，并用眼神示意我跟着他做。之后他

劈波斩浪的时光

跳到水里，绕船游着，仿佛重获新生的鱼。他说："下来吧，这湖的水是活水，跟外面的江连着，不脏，也没多深。"我还是迟疑地坐在船上。"下来吧……"他又喊了几遍，见我仍没有反应，他就摇船。我这下没辙了，也下了水。

夕照洒在水上，红黄蓝绿交织在一起，流光溢彩，荡漾，荡漾，犹如青春缤纷的梦境。而梦中出现过的大鱼似乎也在这色彩里跃动着，搅着水面闪出粼粼的波光。

无论我沿着哪个方向看去，身子清瘦又灵巧的小川似乎都能在下一秒从任何地方跃出身影。然后就传来他的笑声，嘴角上扬，亮着一排皓齿，让人一瞬间也会跟着笑起来。

小川如同一条银鱼，在水中一次次快乐地翻着身。起风了，无人乘坐的小船摇得很厉害，溅起了浪。保安这时发现我们的举动，急忙赶来。他们在岸上喊，小川在湖中回："别担心，我们会游泳的！"保安吹起哨子，尖锐的哨音催着我们爬上船，回了岸。

我们来到岸上，接受了批评，并向景区工作人员道歉。两个人摆动着湿答答的身子，像两只企鹅。我们坐在湖边的栈道上。小川说："以前喜欢江河湖海，整天想着自己如果是一条鱼，该多好，多自由，可是后来当我亲眼看见一条鱼被杀的过程时，我却不想再成为一条鱼了。"男生此时变得有些忧郁，目光里也仿佛泛着深蓝色的水波。

"那就成为一条河吧,在风雨中壮大自己,去容纳更多鱼的梦。"天色渐晚,周围是把船划回的家长和孩童,人声吵杂。我的声音很轻,不知道小川有没有听到。我只看见他那乌青茂密的发梢间仍有水花滴落,顺着脸上棱角分明的线条往下,流过脖颈、喉结,流到湿透的衣服上,再从衣角往地上掉。小川突然站起来,恢复了平日的神情,脸上的笑容还是那么清爽、明亮。

很快,我们要回去了。沿途留下的脚丫水迹,在晚风吹拂下,不一会儿就蒸发干净。晚风似乎是从水边吹来的,带着一股咸湿的味道。在这气味中,有鱼虾和水草的一生。很多水中的灵魂借着这一缕缕风穿过我们的身体,时间也如此穿越了每个人的昨天与今天。

当我回到故乡,沿着南溪一直往村外走,尽头就是东海了。时常也喜欢独自站在海边,听波涛撞击礁石的声响,远处的海浪袭来,那样决绝往前,不带一点沿途的眷恋,手中盛放的一片暮色正逐渐散去。

黑暗很快围住自己,并在海上蔓延、相融,偶有白色水鸟掠过海面,翅膀抚慰着夜晚略显冰凉的海水。生命在暴戾与温柔中完成必要的过程,我看着这一切,似乎遇到再大的难题也能因此消解,而得到一片空旷。

站在溪流的终点回望,记忆的浪涛又汹涌起来,仿佛一艘艘龙舟正要驶来。"扒龙龙喽!扒龙龙喽!扒喽!扒喽……"上面坐着一群划着柳叶桨的少年，他们听着锣鼓的响声，用方言呐喊起来，伸展臂膀，齐心协力划开水，龙舟飕飕向前飞驰。

那些稚嫩的脸上意气风发，那些年轻的生命挥斥方遒。面对远方，一个个少年仿佛有使不完的力气。这是因为他们始终坚信，在一番劈波斩浪之后，世界就会离自己更近了。

青春的船桨，不遇着汤汤流水，难以激起磅礴的浪花。龙舟会载着勇敢的少年们，带着生命蓬勃的力量，不断穿越人生的暗夜，抵达理想的终点。他们终将收获岸上那一阵阵的喝彩与掌声。

## 风若年少的回声

喜欢听风的日子似乎总在年少,一个人安静地站在天台或山巅之上,看万物匍匐在自己脚下,耳边的风一阵一阵吹来,带走时光里锈红色的铁屑和漫天飞扬的尘埃。

我们的生活是否沿着最初的轨道前行,或者被时间杜撰和篡改,都已不再重要。

年少真是一段美好的时光。

当二十岁的我在海边见到一群奔跑的少年,我无法不被他们年轻的面容、明丽的笑声、纯澈的双眸感染,内心立即在川流不息的日子里检索出曾经的自己和那群和似的少年。

少年们停下奔跑的脚步,捡起贝壳,放在耳边,我知道那一刻他们一定听到了大海的回声,若无尽的风穿过海上的浩瀚烟云直抵他们的耳鼓,不断交缠,敲击,回旋着时间的絮语。

而我已经听不到那些声音了,我和我的朋友们都在生命的大海上各自漂泊，逐渐长大，忘记年少，最后成为一艘艘机械航行的船，失去自由的桨。

曾经的我们是活在风里的，没有痛苦，极少烦恼。

任世界如何打磨，那时的自己还能清楚听见心内真实的声音。可以执拗地与大人理论，可以大声指责别人的过错，可以毫无戒备地和世界相处，可以无所畏惧地冲撞生活、冲撞未来。可以不做作业而玩自己喜欢的游戏、听自己喜欢的歌、看自己喜欢的电视，可以省下原本就不多的零花钱买偶像的CD、海报，可以一个人在黄昏的窗前折纸飞机，然后选择在有风的时候，把折好的纸飞机用力扔到窗外。

风中飘飞的纸飞机像年少的梦，穿过世间所有的尘埃，在透明的空气里翻腾出青翠的藤蔓，缠住岁月的脚踝，又像是寂静自身发出的一声轻微叹息，离开今天，向着明天，降临到生命的湖上，抵达我们的波心。

现在的自己双手变得笨拙，双眼变得浑浊，心不再安静，偶有风吹草动人就有了警觉。

很多时候我看着那些抽屉里塞满的还未飞出的纸飞机，有一点难过。它们被静静地安放在沉默的空间里，不再有梦想，陈旧得如同一片荒原。而我呢，现在的我呢，不也走在一片没有尽头的荒野里吗？

在既定的程序里完成各项任务，没有感情与表情，螺丝钉一般活着。虽然没有了作业、考试，没有了老师在耳边的喋喋不休，虽然不用再对大人察言观色，虽然有了自己可以掌控的物质材料，虽然可以去很多地方看很多风景，但终究还是有别于年少时自己梦想的那种成人世界。

我们失去存在感，在拥堵的街道、马路上看不到自己的鞋子，在繁芜的城市丛林里找不到自己的方向，在声色犬马中、集体冷冻中摸不到一件儿时温暖的旧衫，我们的钥匙丢了，丢在燥热的空气里，丢在没有风的日子里。

成长需要代价。

骨头像雨后的笋芽一样拔高，心内的高度却在不断下降，大脑像充气的球体一样膨胀，里面就越来越装不进东西，平庸、虚伪、冷漠、斤斤计较、耿耿于怀，被无数隐形的线头操控了四肢，自己成为自己的玩偶，自己成为自己讨厌的人，这是成长路途上我们向时间兑换出的一张张车票。

是什么时候开始，我们变成镜子里面目模糊的自己？

曾经在一个台风天和阿藤去看海，站在白城的沙滩上，偌大的视野里空无一人。

大雨如注，浇灌着海边的礁石，我们手中的伞不断被风抬高，阿藤突然松开了手，白伞像蝴蝶一样飞起。我不理解他的举动，向着白伞飞去的方向追去。阿藤跳跃着，呼喊着，对我说："不要追啦，伞下的世界永远藏着弱者的心，或许这样的生活才是属于我们的。"风把他的声音不断放大，渐渐地，我的耳朵里除了浪潮声、雨声，便是阿藤口中的话。

我跑累了，停下脚步，双手撑着膝盖，看着白伞渐行渐远，阿藤就站在我的身后，雨中，我能看见他二十岁的脸上，笑容还如孩子般清澈。风带他回到了过去。那些疯狂追求自由的时光，固执己见前行的日子，对世界非黑即白的判断，如同澎湃的海浪席卷而来，重新覆盖我们已经斑驳生锈的青春。

但很快台风过去了，大海退潮了，我们感冒了。那把瘦薄的白伞再也无法寻觅。

也在很小的幼童时期感受过风。

深夜，父母在郊区的工厂上晚班。我和哥哥睡在木板搭的床榻上，窗外有深秋的风摇晃着南方草木，婆娑树影映在墙壁上，像灰色的哑剧。

不知何时，窗子竟然被风推开，漆黑中耳边灌满呼啸的风声，惺忪的睡眼里似乎能看到远处高耸的信号塔被风摇晃着，塔架像要塌下去似的发出关节碎掉一样的响声。我蜷缩着身子把脸贴到哥哥的肩上，雪白的被褥被穿堂而进的风吹得鼓起一块，若黑暗汪洋上的白帆。哥哥是船，带我远离冰川。

长大后回想起那一幕，我发觉风带给人的并不只是漂泊，有时也会给人一种记忆中的依靠。

我是个喜欢回忆的人，常听的音乐大多数与钢琴、吉他、陶笛相关，这些乐器能打开昨日的生活，让我坐着音乐的列车返回过去的某个时刻。

心中能放下的歌曲不多，雷光夏的《老夏天》算是一首，歌词很是打动心中那片柔软的领地：

> 空气中漂浮着植物的味道多风的午后
> 人们说话渐渐慢了下来时间永远不会往前
> 静止在忧郁但清澈的眼瞳
> 操场尽头是一片令人眩惑的金黄海洋只要用力挥动双臂
> 也许就能在市街的上空漂浮起来
> ……

光夏的声音原本就如同微风，再加上舒缓的曲调，整首歌充满了年少时那些被清风缓缓吹拂的夏天味道。

有几次，关上灯，独自坐在暗夜的时钟下聆听，仿佛真的能循着歌声里的旧址回去，但房间的灯突然被进门的母亲打开的时候，四围亮堂堂的，我看到镜子里自己长大的那张脸和母亲身上无法被抚平的皱褶，时间撕裂了我们回去的票根。

风把从前的夏天吹得好远好远，有点望不见了。

# 024

城市面积日渐扩大，积木般的建筑满布视野，我们活得就像无边光河之上漂浮的碎屑，远去的景致永远定格在旧照片里，并随着转动的分秒加深泛黄的程度，或许有天我们就在麻木中遗忘了，就像候鸟每天穿越漫漫寒空，各奔前程，忙于自己的旅行，谁也不会中途停下，来到地面寻找自己曾经留下的影子。

我们被迫着赶路，只是偶尔才会在一阵途经的风中，伸手握住过去的味道，但一摊开掌心，能见到的依旧是空空的世界。

叙利亚诗人阿多尼斯说："风没有衣裳，时间没有居所，它们是拥有全世界的两个穷人。"

在它们面前，贫穷的我们是真的一无所有。沦为物质的奴隶，内心虚空，一群成年的动物听从社会和生活的安排，进入各自角色，漫无目的地重复，被四面八方投射来的隐形子弹洞穿，卑微又无奈，终将失去所有奔赴明天的勇气。

有时我真想从繁芜的生活中抽离出来，变成与这庞大的社会之网没有丝毫瓜葛的存在，想让自己卸下沉重的躯壳，借助一阵风回到过去，回归最初那个小小简单的自己。

但是今天，我们的城市、我们的阳台、我们的窗前越来越缺少风。

风里尽是你我的回忆，一阵一阵捎来自己的过去。我怀念每次起风的时候……

站在晴朗里

# 历历万乡

十五岁未到城里读高中前,我还是一个乡村少年。

那时我和村中大多数孩子的打扮相近,穿着简单,短头发,样子虽土,但快乐。

平日除了学习,便是在山间地头晃悠,打闹。有时摘桑葚,碰到未熟透的,咬一口,眼睛被酸得立马眯起来。闻桂花香,就爬到树上折下几枝花束,抱回去插瓶,用清水养,房中飘满清甜的香气。

也常去山上寺庙游玩。寺中僧客很少,曲径通幽,我顺着小道走去,有时见数百岁老树苍苍如亭盖,有时见清风徐来松涛阵阵。禅房雅致,房前花木扶疏。阳光照在木窗上,偶有风途经,那窗户上仿佛有一段一段的光阴在浮动。

春天时乡村最为闹腾,燕子们一整天都叽叽喳喳,用叫声煮着村庄的时间。我没事做,会静下心来听一两只燕子啼鸣,感觉一天都很快乐。

后来我离开了故乡，远离县城，去过首都北京、魔都上海、陪都重庆……一座又一座的城市在我人生的手札上盖下印章，仿佛是一个个脚印，以出生的地方为坐标向着未来匆匆奔去，当我回头的瞬间，发现自己已经走了好远好远。

在北京漂过一段时间，睡过网吧里冰凉而发霉的沙发，买过超市里即将到期的特价商品，穿过鞋面满是尘埃、鞋底即将开裂的靴子。有一回在朋友家过夜，认真看了一眼窗外的北京。马路很宽，车流不息，夜里车灯一个接着一个，像发光的长龙，从未断过。写字楼透明玻璃内的电梯上上下下。任何建筑看起来都像是一个个抽屉，大的包含小的，小的里头还有更小的。每栋楼都在争着比高，仿佛矮对方一头就有失身份。

我关了灯，外面倒成了房间，而我在的屋内黑漆漆的。家具在睡着，浴缸在睡着，电话在睡着，从没打开的电视机睡得更深了。我没有睡着。这座城市没有人会在意我的失眠。人们都在马不停蹄地前行，马不停蹄地遗忘。

也在上海混过短短几周，终究因为自身粗糙，无法融入这座精致的城市而离开。

我喜欢上海街道两旁的法国梧桐和 24 小时便利店。有几次夜里我和友人走在马路上，看着路灯下的梧桐落着柔美的黄晕，像旧时光层层叠叠的亲吻，安抚着苦闷的心。

黄浦江边，东方明珠塔带着一身繁华，在众多闪光灯捕捉下静静矗立，像一个高贵的主人，像一张不太真实的照片。我开始怀疑自己做出的决定。一个人茫然站在江边摸着冬夜里发冷的栏杆，想起那阵子不尽如人意的生活，看够的脸色，鼻子酸酸的。冷空气中有黄浦江的味道，腥腥的，被风吹往四处。我明白自己始终只是一个过客。

后来我到重庆工作。一年四季，这里的人们都在吃火锅，深夜也可以闻到空气中飘来的麻辣香味。我常常走到楼顶天台，注视这座地势奇特的城市，阑珊的灯火，如同夜的眼睛在与我对望。突然觉得自己的内心异常安宁。江湖夜雨十年灯，仿佛自己的一生都可以如此恬静地度过下去。

但我深知，对于重庆，自己仍像个过客。

有一天，从北碚坐轻轨去观音桥的西西弗书店。出门时，天阴，朋友问我要不要带伞。我说，不用。我自小其实就是一个不爱撑伞的人。等轻轨开过礼嘉，像换了重天，日光灼灼。我舒了口气。买书回来，坐在返途轻轨上，朋友打来电话，说北碚下雨了，雨势有些大，问我要不要伞，他到时候会在天生站出站口等我。我才知道这座城市原来这么大。

在重庆，城市与乡村靠得很近，常常走到一条路的拐口，写字楼、商场、喷泉、路边的巨幅广告会突然消失，眼前换成了稻田、老屋、山寺、燕雀、星月，这让我想起了家。

以前每次出远门时，父母亲都会在帮我收拾行李的间隙问我："确定要去吗，真的准备好了吗？"我总是点点头，笑着对他们说："当然。"

这时父亲会把头侧向一直在旁边保持沉默的母亲说："看来他真的是下了决心要去。"母亲淡然的表情有些撑不下去了，我看见她笑中带泪，说："照顾好自己，照顾好自己……"一连重复了好几遍。

年少时我们负笈远行，青年时又为爱情和理想奔波在异乡的路上，到了中年一边工作一边教育孩子，却发现所住的城市已经离年少时的家好远。

我们在这中间历经漂泊，走过一个个异乡，曾经认为不可能再想起、再留念、再途经的地方，不知不觉间已经在自己心里成了另外一个故乡，并伴着某一夜的风声、雨声，泛起潮涌。

踏遍万水千山总有一地故乡。

## 曾是白马少年时

天冷时，总觉得时间变得慢了。

重庆的银杏树开始换上锦衣，金灿灿的，奢华至极，但这美丽并不被时间怜惜。秋风一起，银杏树便一天瘦过一天，最后只剩得光秃秃的枝丫在这凉薄时节里，仿佛祖父母的手臂在晃动。

夜里有时也下雨，淅淅沥沥的，敲得屋顶和门窗沙沙沙地响，但显然没有夏日的声势浩大，只是像昆虫在振动着自己的翅膀。

这样渺小、轻柔、不易被熟睡中的人察觉，好像我们那些睡着的童年和逐渐沉寂的年少。

我常常一个人在夜里跑上天台，站在黑暗的高处，望着底下渐次熄灭的灯火，内心得到的往往不是孤独，而是一种安宁。

有时风或雨丝刮到脸上，凉凉的，痒痒的，像沾水的蒲公英或是被濡湿的棉絮贴在皮肤上，我没觉得难受，反而觉得很舒服。我特别想笑。

经常被人问到你能考上一个像样的大学，是不是中学时就过得特别苦特别累？那段时光确实难熬，我忘不了自己一个人坐在冰凉的楼道阶梯发呆的情景，忘不了感冒时坐在考场中一边答题一边擦鼻涕的自己，忘不了班主任找我到办公室里谈话问我最近排名倒退的原因，也忘不了数学老师揪着我不及格的卷子在全班面前数落我的场面……我总是沉默着面对这一切，不敢抬头看谁，自己沉默地瞧着自己的鞋。

而后，自己也经历过一段发奋图强的日子，不断地把上床睡觉时间往后延，不断地把起床时间往前调，不断地背书、做练习、收集错题，不断地从一个老师的办公室走到另一个老师的办公室。很快，在这样高强度学习之下，我成了一匹在原野上竭力奔跑却异常孤独的白马，觉得自己快撑不下去了。时间开始变得很漫长，天空也总是阴阴沉沉。

高三下学期，我们班上来了一个男生，坐在我后桌，是个回原籍学校高考的艺考生，会唱歌、会主持、会弹吉他，人很开朗，嘴角总爱带着笑。他是我后来创作的一部小说中男主角的原型。

他知道我会写些小玩意儿，就好像找到知音一样。没事时，他总拉我去自习室，倒不是去学习，他跟我聊的都是方文山和林夕，张口就来了几句他们的歌词，后来把持不住，情不自禁又唱了出来。刹那间各种目光扫射而来，我尴尬地坐到远一些的地方，和他保持距离。

后来我曾给他写过一些歌词，他看完总会像私塾先生一样摇摇头，说我写得华美却无感情，并让我继续加油，不要放弃，不要放弃。所以我也常跟小说里的某个女主角说，不要放弃，不要放弃，你再努力一下就会成功了。

过了不久学校要选校庆歌曲，我写的歌词竟然入选了。那天我请后桌吃了自助寿司，他很得意地说，看吧，我就说你会成功的。但在小说里，努力改变自己的女主角最后还是和男主角错过了。

但我喜欢这样的错过，干净美好，散发着年少特有的伤感气息。我把小说发给一些读者试读，他们都替主角们难过，说为什么结尾要这么安排。我告诉他们，因为这就是成长，带着柠檬的味道，你尝过觉得酸，却能回甘。

前些天又梦到自己回到那个装满乐器的教室，很多艺考生坐在里面，说说笑笑，玩玩闹闹。唯独见到后桌一个人坐在后排靠窗的位置上，手里抱着自己那个天蓝色的吉他发呆。

我悄悄走到他身边，跟他说，我把你写进我的小说了。他笑着轻拍一下我的头，说，写屁啊你，干吗不用我真名。我说，我把你写得很帅，里面的男主角就跟你一样，多半时候明媚，偶尔忧伤，很讨人喜欢，如果用真名，怕读者看完把你抢走，你就不在我身边了。

他笑容清澈，嘴边兜出一句，跟作家做朋友好麻烦。我暗暗笑着，目光瞥到别处，发现人都走光了，教室空荡荡的。等我转过脸来看后桌，他也不见了。窗外有树被风摇动着，像一阵一阵的海浪。我的心一下子也空荡荡的，一个人趴在课桌上渐渐睡着了。

细数成长里的点滴，最快乐的时光算是高考之后的日子了。

整日无事在家，闲云野鹤般活着，想睡到几点起来就睡到几点起来，无聊的话就在镇子上跑，心情好碰到几只流浪猫就抱回来，被我妈看到臭骂一顿后又将它们放归自然。自己多半还是喜欢宅在家里，吃冰镇的西瓜，听想听的MP3，看想看的电视节目，爸妈也都不管我。

初夏，沿海就有些热了，我常常一个人骑着单车去海边，海风打耳，却很清凉。我站在一座海螺形状的白色灯塔下唱歌，大喊大叫，风吹乱我的头发，海鸥飞起又落下，海浪袭来又退去，远处也都是同龄的孩子在光着脚丫享受着快乐。

遇到台风天，我喜欢搬张椅子放在落地窗边，然后自己坐在上面俯视底下风雨大作的场面，感觉自己就像上帝。台风过境，乌云退去，明亮的光线瞬间就铺满了远近路途。人们纷纷走出屋子，像踩在被浸泡过的奶油饼干上。世界很甜，软软的样子。

年少时的我们都有清澈的模样，每当回首，冗长岁月仿佛顷刻间成了烟波，我们可以沿着记忆的旧址重回花季雨季中的波心，看风吻出涟漪。

成长从来不是一件小事，它是一个人的史诗，我珍惜自己写下的每一句、每一行。

我眷恋成长中天真美好的风景，有着翠色的忧愁。飞鸟掠过，滞留下和风中最绵长的身影，那一段段光阴动听如同不老的少年。

我愿继续在文字中牵着白马路过你们。

# 骑岁月的风捉一只温柔的蜻蜓

从少年时代开始读屠格涅夫的散文诗到现在,我依然记得里面的一个片段——"忽然,从附近一棵树上扑下一只黑胸脯的老麻雀,像一颗石子似的落在狗的面前。它全身倒竖着羽毛,惊惶万状,发出绝望、凄惨的叽叽喳喳的叫声,两次向露出牙齿、大张着嘴的狗跳扑过去。"

接着,就想起父母一次次带我逃出生活旋涡的场景。庆幸他们臂膀足够有力,撑住了贫穷的屋檐,庇护着我们每一个小孩,让我们得以顺利成长。

上小学时,父亲在福州的几次创业都以失败告终,赔上了家中所有积蓄,他回长乐乡下,上山当了石匠。也因此,我们原本便不宽裕的生活更加雪上加霜。记忆中的饭桌上只有两三个小碟子,盛着虾米、咸菜、鱼露、酱油,没有一道荤菜,一家人一日三餐都如此度过。

因为营养不好，我跟我哥都比同龄男孩子长得瘦小。父亲和母亲商量从父亲挣得的钱里抽出一部分，给我们兄弟俩订牛奶。他又从山上砍了些木头回来，在门前的水泥地上，搭了个简易的篮球架，自己跑到大街上抱回了一个篮球，扔到我哥怀里，笑着说："以后我就带着你们哥俩打球了，你们要长得高高的。"

之后，家门前的篮球场上总是充满了笑声，三十多岁的父亲在自己造出的球场上就跟个孩子似的，逗我们俩玩。

好几次夕阳的余晖照在他刚毅的面颊上，这个充满力量的男人像是永远不会被打败似的，是来自海明威笔下圣地亚哥式的人物。虽然后来我跟我哥也没见着长到多高，但因为有父亲的爱，我们内心早已锻造得比同龄人要强大。

十九岁，我离开家，告别父母，去了很远的地方。

在车站，父亲把行李搬到我的座位上后，笑着看了我一眼，就下车了。火车很快开动了，隔着厚厚的车窗，我望见父亲在站台上目送着我，他把自己站成了一尊雕像。想到这些年他在风雨中往来的身影，眼泪瞬间下来了，我掩着脸，不让车厢里的人看见我眼中奔腾的水流。

我像一个被脱掉铠甲、被夺走武器的人，在此后的岁月中，必须靠自己去铸造新的。

骑岁月的风捉一只温柔的蜻蜓

直到几年后,我才理解那天从家里出来,自己为什么那么难过,有一部分是基于情感本身,有一部分是来自安全感的丧失。

那一天,我不知道火车究竟会带我去一个怎样的未来,一路穿过多少个山洞,越过多少座大桥,我都没有计算,我只是反复问着自己:要一个人与这世界相见了,做好准备了吗?

我从小其实是个怯弱的人,直到十二岁的一天,突然意识到自己原来也可以变得勇敢。

被老师叫进龙舟队,要跟同村的另外一个学校竞渡。因为当时自己是少先队的大队长,校领导便让我担任龙舟队队长。可没有人知道我根本不会划龙舟。比赛在端午节那天进行,我有两个星期的时间练习,其实主要是用来克服心中深深的恐惧,我怕水。

一放学,我便溜到河边,上船,学身边的大人摆弄船桨,大家听着鼓声一边应和,一边有节奏地用力划开水,水花四溅,涟漪荡漾。因河道较窄,入夜时视线并不清晰,偶有几艘龙舟相撞。

我经历过一回,众人无力将船划开,任由舟子相挨,人间顿时在眼前摇摇晃晃。我一失衡,就落入水中,幸好脚还能触地,但也被呛得流出泪来。现在想来,问自己哪来这股勇气,应该是少小的自己怜惜名誉使然,不愿在众人面前丢脸。

这些年,在南来北往中,少不更事的自己勉强算是成长起来了，虽然这种经验性的东西无法确切讲明，但当事者自身能清楚感受到便已足够。如同爱的感觉，局外者怎么会清楚呢？

久居山城，我深深明白，在这座终年被雨雾困住的城市，如果不是有爱跟理想作支撑，凭那一年四季的微光怕是也不好抵挡四处蔓延的潮湿。

曾经跟同事D去找过世界的尽头，我们在山城少有的晴天里，沿着一条大路奔跑，时间如过路车流哗然远逝。大路到了尽头，再往前迈出数十步就是涪江。江水并不湍急，在阴天下呈现近似忧郁患者的面相，采砂船像老去的水蜘蛛贴着水面平缓而行。

我们站在岸边，撑着膝盖，气喘吁吁，整个人被汗水淋漓浇灌，却很快乐，有时也不管有无车来，两个人直接躺在大路尾处，发狂地笑着。D说："毕业后，被这现实欺负够了。潘，你知道吗，其实我就想过这种在别人看来无意义的生活。"

D从复旦毕业后，到三所私立院校教过书，喜欢随遇而安的他整日被上级布置的事务压得喘不过气来，过了几年狼狈的生活。

有天他跟我说："不想再过这样的日子了，我要考博，离开这里。"我笑着问他："你怎么突然想清楚了？"他苦笑一番，回道："没办法，为了未来'无意义'的生活，此刻自己必须'有意义'地去活，我总是这样后知后觉。"

要从一个舒适圈逃离出来，并非一件容易的事情。很多人都被现实的糖浆粘住，分身乏术。若对自己的前途无希冀，我们也愿意被这样的生活绑住手脚，毕竟安稳。但在工作的这三年中，我也感觉到了安稳这个词几乎与毁灭同义。

身旁太多有条件、有能力的人被安稳裹挟，成家立业，安身立命，在一个狭小的世界里过完可以预见的庸常一生。我不愿如此垂垂老矣，D也不想。所以在某次部门会议之后，我们不约而同递交了离职信，从领导办公室走出来的一刻，两个人会心一笑。

后来，我申请了读博，D说自己再花一年的时间好好准备。临行前，他送我几张明信片，有一张上面印着美国电影《叫我第一名》里的台词——"跟随你的内心，做最真实的自己，与众不同"。

半年之后的某天，我站在海峡边上，看着黄昏里快速移动的云团，它们一片片相连着。涛声和风声混在一起，构筑出一片更辽阔的海，给人以无比苍凉的感觉。往昔不堪的情景跟俗世里的细碎声影都呼啸而过，不再令人惊悸与烦恼。

我慢慢感受到，现在望见的风景都是自己一步步跨过山丘，涉过险滩走出来的。

因为爱，因为期待，我们有了勇气，才能在理想与现实的对峙中,让站在薄弱一方的自己克服一切,骑着岁月的风去捉一只温柔的蜻蜓。

在生命的大地上,勇敢的人始终靠近着世界,拥抱着未来,始终保存着青春的余温与不息的爱。

第二辑

人间万物，同我仰春

## 我想和你说起一朵云的美好

　　夏天来了，跟人说话，总想带着清凉的口气。希望是下午刚刚吃过雪糕的时候，课间喝一口薄荷柠檬水的时候，脸上一点都不油腻的时候，我说的每个句子都能被时间捡走，搭成瓜棚，长出藤蔓，青丝缠结，覆盖棚顶。

　　傍晚起风了，我就想坐在底下纳凉，看云。当然，身边没有什么朋友，我也不难过。只要有微风、暮色和过路的云，我就会一个人傻傻笑起来，很开心。我一直都不是个喜欢黏人的男孩，没想过要把哪个人所有的时间、空间都圈走，也不想把对方的世界都关在我这里。我喜欢一个人的方式很安静，有时候只要站到身旁偷偷看那一张侧脸就好，就像是看天上缓慢飘过的云。

　　孤单的云，像谁手里的棉花糖不小心被大风吹到了高空；厚厚连片的云，犹如天空上的雪地，被自然神秘的力量按在上面，漏不下来。每一朵云，都仿佛一个个飘在天上的梦，当我们抬头，看见它们，就会想起自己做过的梦。

我小时候就迷恋着云，被它多变的外在深深吸引。从它那里，我也看到了大鹏、巨鲸、宫殿以及一张张人的脸，它的每一次变化都让幼小的我惊呼。记得父亲在山间照料果树时，偶尔也停下来望天，久久地看着云，从一个山头翻过另一个山头。直至长大后，我也常在想，是怎样的力量能让它从远古神话时代存留到现在？又是怎样的力量能让众生对它如此迷恋？

一朵云也会在不同时候有不一样的美，或稀薄，或浓厚，或纯白似棉，或缤纷绚丽，或长如丝带，或状如生灵。在浩大无边的天穹中，它演绎着万千姿态，是芸芸众生在天空的投影。

记得读本科时，自己曾约着朋友到中俄边境看云。乌苏里江的水可真清澈，晴天里江水的颜色比天空还瓦蓝。看着那一朵朵越过国界的云，我就想成为其中一朵，我想飘往世界的各个角落，看更辽阔的水面，看更高耸的山峰。一朵云给了我对远方的启蒙，还有无尽的想象。

在雾都重庆的那几年，我看不够缙云山上的云。从学校宿舍窗户往外看，那山，那云，仿佛让人回到多少年前作诗的现场。云从山谷间爬出，向着高处的山线飞升，悠缓、从容地往上，似仙人的白羽衣轻轻遮着墨色的山体，浑然不觉间，这羽衣的白与天穹的白交融了。这样的场景又宛如是天地在交谈。大地开口，呵出白气，等白气抵达云间，正像它说出的话传给了上苍。我愿迷失在云山深处，在自然清凉又温柔的身体里，不着急找出路，我慢慢前行，红尘在云之外，时间也仿佛在外面。

研究生毕业后的这些年，我过得并不如意，遇见的人不太善良，要做的事都不容易，现实以狰狞的面目看向我，生活也龇牙咧嘴。我常常置身于许多啼笑皆非的时刻，失意过，沮丧过，会怀念独坐在故乡溪边的昨天。索性回家，在一年多的日子里，我温习着村庄给予灵魂的宁静。坐在岸上，什么都不想，山色光影间，云像老朋友过来了，借着水色坐我身边，什么都没说，又仿佛什么都说了，都问了，一声声安慰也都给了。在它缓慢的移动中，在它洁净的色彩里，我宛如被水洗过一遍，起身，重新走进了世界。

　　再次来到都市中，在鳞次栉比的建筑密林里穿梭，我很少会从高楼间仰望任何一片天空，怕看到那些飘浮的云，仿佛带着一丝丝怜悯在俯瞰困境中的我。城市繁华，人在密集的高楼底下，却是极为卑微的姿态，连命运也卑微，每一朵飘过的云，看着机械化的城市，或许觉得那是另一种荒凉吧。但我既然又抵达这里了，就要积极点生活，起码一朵朵云还陪着我路过每一天的清晨与黄昏。我看着它们由赤赭变雪白，再从雪白变金黄，变为绛红，如此绮丽缤纷，真让人开心。

　　人们获得力量的方式有很多，有些人从音乐、电影里找寻喘息的机会，有些人从投资平台上增长的数字中得到抚慰，有些人是从万古山河的辽阔间感受平和，而我是从一朵云身上望见生命变化的喜悦。一朵云越过晨暮，越过疆界，越过风暴，越过一次次艰难，越过一次次与他者或是自身的聚散，一朵云依然在天地间留存着自己。而云深之处，又藏着多少自然的秘密，藏着多少人世的轻叹，在寻与不见之间，生命的失落与遗憾在这朦胧里得到一种暂时的缓和与弥补。

我也想成为一朵行走在世间的云，经历过少年、青年、中年，来到年老的一刻，体貌已在时间搓揉下幻化，但在镜子中依然能找见当初的踪迹，来自内在的气韵，在眼神里，在笑意里。一次次看云，也仿佛是在看自己，我终于在接近中年的时候感受到云的力量，是源于自身的纯粹，内心不空，自己也就坐在内心当中。看不见它的时候，我也知道它时刻都在，总有一朵云在天空飘浮，越过人世的边界，越过光与暗。

肉身或许沉重，人世或许无解，但停下步履看云的人，常会走出生命的围城。仿佛仰望着这世上另一个自身的形象，它从卑微处来，升腾到高空，不被束缚，轻盈自在。有风吹，它就飘，无风吹，就停在原位，没有爱恨，也未曾在意谁的目光。它是自然中最简单的形象之一，却也让我觉得崇高。

想在一个夏天，坐在你的身旁，暮色渐起，有风吹来阵阵微凉的水汽和未名的花香，我想跟你说起一朵云的美好。

如果四周足够安静，我愿为你读一首诗，来自佩索阿的那首《坐在你身边看云》：

> 当我和你一起穿过田野来到河畔，
> 我看到的河流更美丽；
> 坐在你身边看云，

我想和你说起一朵云的美好

我看得更清楚。
你不曾把自然从我这里带走,
你不曾改变自然对我的意义,
你使自然离我更近了……

　　这一刻,水边的柳枝环拥着我们。我们是被人世放归的两只羊,是落在地上的两朵云,和天空的每一朵云一样,都是这辽阔天地的儿女。

# 看向一朵花

节日到来时,我常会去花店给自己或是亲友、师长买束花。

平日里每个人都在大步流星地往前飞奔,而一束花可以让人停下来,让时间也慢下来,繁杂的生活随之有了一张可爱的面目。

花店女老板细心照顾着每一朵花。成片的薰衣草犹如紫色的毛毯铺在眼前,香槟玫瑰在亮光下更显浪漫,小雏菊和小苍兰仿佛乖巧听话的小孩,静静地站在花盆里,百合、紫罗兰则用清甜的香气彰显自己的存在……

人工培育、照料出的花,渐渐地,也带着人的气息,接触久了,好比看那些养在池中的鱼、笼中的鸟,它们的外形、颜色、香味,似乎都只有向人讨好的意味了。

相比之下,野花就生长得随性些,有自然的美感,不受重视,无须献媚,不被修剪,偏安一隅,在山川原野间,有隐士的风骨。

它们是什么时候盛开的,又是什么时候凋落的,少有人察觉,也少有人遇见。

东南沿海多有丘陵延伸到海,悬崖峭壁底下多有汪洋大浪景观。烦恼多起来的时候,我会叫上恰好有空的朋友前往海边吹风。惊涛骇浪拍打着礁石、岩壁,哗然之声,一阵接着一阵,看得我心惊。突然在峭壁之上看到一朵花,类似牵牛花的外形与色彩,但比牵牛花小些,花瓣是一层淡淡的粉红。它从石缝里钻出,在风浪呼啸中绽放着。

偌大的崖壁上只有这么一朵花,我久久地望着它。朋友以为我喜欢,想爬上去摘。我喊住他:"太危险了,而且就这一朵,够寂寞的了,我们就不要伤害它了。"朋友笑起来,回应我:"你怎么知道它寂寞,说不定是它自己喜欢这样的环境,没有同类争抢资源,自己开自己的,多好啊!"听朋友这一说,我无法反驳,只重复着:"不要伤害它,就让它这么开着吧!"朋友也柔情,很快打消了摘花的念头。

后来才知道那是滨旋花,一般一株只有一朵花。这种花命很硬,在贫瘠的盐碱地上也能生长。或许就如朋友说的那样,那是它喜欢的环境:离群索居,长在并不肥沃的土壤里,但那里有它向往的阳光与水汽,它也知足,不再需要什么。艰苦环境中存活的生命早已锻造出了一种与外界和解的能力,无须怜悯,也不必被歌颂、赞美,它只管自己开着,与谁都无关。

凤凰花喜欢成团开，一开就是一大束，累累地从枝头垂下，像极了火焰，在风中有种盛大而招摇的美。这样姿态的花，引来的蜂蝶多，鸟禽也多，人自然不用多说，路过看见的都纷纷驻足花下，抬头，拍照，录像，赞叹，歌唱，为五月的季节，也为这世间热烈的生命。

山茶花的花色偏暗红，花朵虽比凤凰花大些，但看着显沉稳并不张扬，父亲在门前栽了几棵，一年年过去，花也开得多起来。母亲去打扫的时候，都会扫些落花在簸箕里，偶尔还跟我说："花无百日红，人无千日好。"曾在自己表妹家当用人的她，受尽了别人的眼色与嘲讽，而父亲的兄弟姊妹也多半唯利是图，彼此之间没有亲情可言。母亲尝过太多人世悲凉，对人也就淡漠起来，但爱花。

搬到新家十几年来，她也常回旧家去看花。院里有棵栀子树，是她跟父亲结婚时种下的，四十年过去，都长两米高了。母亲惜它，疼它。夏天开花时，邻居和过路的村民想要花，她都没摘太多。送出的花数量适中，不殷勤，也不吝啬，这是她的性格。后来父亲将旧家给叔公住。叔公是个单身汉，性格古怪，住进去后，没告知一声，就砍掉了树。母亲很少哭，但看到栀子树的树桩时，还是没忍住哭了，一个时代仿佛也在她的哭声里结束。她没找叔公争吵，自己跑去种花的熟人那里移植了一株很小的栀子树苗，将它栽在花盆里，当作安慰和新的开始。

当纯白清香的花朵再次莅临人间，对着母亲盛开的时候，我

看向一朵花

## 050

不知道母亲内心的世界是否能够回到曾经的夏天？花是相似的，但只有用心看花的人才可以看出每棵树开的花之间的区别。挪动的物件很难分毫不差地重归原位，永远离开的事物又怎可能复原？在替代品中寻找慰藉的人，从来骗不过自己的心。

我们要站在花树下，站在生命的现场，站在时间的中央，才知道花面映照下，作为人自身的无常与无奈。花比人纯粹，也比人决然。它们如果盛开，必然在热烈地开，热烈地活着，热烈地爱着土壤、阳光、雨露和洁净的空气，大大方方。花期结束，它们就落，不拖泥带水，不顾影自怜，只按季节的秩序出现、消失，自然也无任何处世的心机与门道。

花的身上保留着让人安心的力量。在我们的日常时光里，它们像是一种人，守着规矩，安安静静地过日子，不侧目别人的风生水起，只保持自己的节奏生活，等待时间路过。不想成为秀美的花木，自然不必担心风的摧残。它们在平凡中享受命运给予的安全的意义，过着这样的生活，也是一种欢喜。

一朵花、一片叶子都透露着自然界的生死观。它们积蓄生命的力量，由向阳勃发到回归泥土，经历恩宠或忽视，感受过风，也感受过雨，来这人间一趟，短短的时间里却演示着人一生的路径。

人与人相遇，总讲缘分。人跟花草的遇见，也是如此。我们在一朵花身上学习生命的课题，也在那里寻找自己，那些温柔、决然、孤寂、自在，多像我们在喧嚣的人世间需要时刻被唤醒的部分。

自然与时间造就了万物，也成全了众生的生死起落与轮回，不会遗漏任何一个过程。这是天地之间最神奇的一种力量。

有一朵花，有幸看它开，开在日月下，开在风雨中，也开在人心底，不会枯萎。我们不必摘下它，不必在意它的归属。内心的所得远比外在的拥有更接近人一生中的永恒。

为了心中这无数朵的花开，我们翻山越岭，风作伴，梦作马，以光为指引，迎着每一个到来的日子，慢慢走，好好看。

## 我见青山

到山中，寻找落在阳光下和枝叶间的安宁。清脆的鸟鸣、盛开的繁花、一滴又一滴躺在叶子上的露水……这些安宁的事物是自然惠赐的礼物，我用耳朵、眼睛、手掌一一收下。

越来越多的安宁就这样装满了身体。我却感觉不到丝毫沉重，只觉得自己越来越轻盈，像是空气，像是风。我渐渐看不见自己，摸不到自己。我融在这青山间，是山的一部分，是自然的同类。

近处一棵野生的橘树，并不高大却果实累累，如灯，如球，也如太阳的孩子。生灭变幻的美在它身上细致展现，也模拟着我们的一生。

山间的每棵树就像每个人，站在一个地方，观看，等待，感知。但树跟人不同。人会走，有过的追求也会变。人会忘，看过的风景也会遗忘在生活的高墙外。树不会走，没有人为地移植、搬动，它站在哪里，哪里就有它的一辈子。它不停生长，对光和天空保持着永恒的追求。倘若有天一棵树枯掉，它的生命也并没结束，死亡和腐烂支撑着新的生命。

母亲常说，老往山上跑的人，心容易野。这句话其实是在说父亲。父亲年轻时做过很多事，尝过人生的诸多滋味。年老后就一股脑钻进山林，等到日暮时分才下山归家。他没上过学，不知道王维，也不懂得陶渊明，却做着跟他们一样的事。

父亲在青山间一坐，一个白昼就过去了。他与山羊对视，陪小鸟说话，对山泉哼曲。他说面对它们比面对山下的人简单。这使他开心。父亲也欣喜于山林的赠予。春天他就种桃、种梨，夏天他就摘龙眼、摘芒果，到秋天收获的瓜果蔬菜那就更多了，圆的、长的、黄的、红的……让人眼花缭乱。山林是他的王国，种什么都是他的自由。

以前，我跟母亲都觉得父亲无聊，直到成年，我才发现父亲过的这种日子的可贵与有趣。父亲的心没有野，而是找到了自己。

身体机能的损耗在工作几年后愈发明显，特别是在与复杂人事的周旋中，还要耗费许多心力。大学走向职场的我丢失了很多快乐，像极了一头疲惫的骆驼，随时随地都有可能倒在茫茫的大漠中。想熬过去，却在看到镜子里自己狼狈不堪的模样时崩溃。我成了钢索上再也无法保持平衡的人，狠狠摔下。

"太累了，太累了……"我对自己说了几遍，顷刻间蹲在地上失声痛哭。直到太阳升起，人间满是光亮，我抹去所有悲伤的痕迹，做了一个决定：我想离开这样的环境，重新找回内心安宁的时刻，我要辞职。

我开始旅行。在途中，我一点点卸下困住自己的壳。在新都桥的夜晚，再厚实的窗帘也没有挡住向屋里流淌的月光。我走到窗户边，一把拉开绒布，月光下，一大片又一大片的森林映入眼帘。我打开窗户，冷冽的空气让我找到了一种平静。我望向四周的森林，仿佛走进去，无人可以找到我，我会置身在另外一个宁静的世界当中。那里的黑暗不再使我恐惧，而是给了我足够多的安全。

我出门，在皓亮的月光下，贴向低处，贴向泥土。我看到往大地深处筑巢的蚂蚁，搬出一粒粒尘土到洞外，它们搬出的是一个个我：沉重的我、疲惫的我、木讷的我……

我看着看着，人就变得愈发轻松。偶尔晚风吹来，那些被搬到洞外的尘埃混到风中飘扬起来，我感觉我也在风中飘荡着。随风而起，风停而落，我跟尘埃或飘向远方，或隐于看不到的角落，仿佛众多人的一生如此落定，如此消失。

曾经的日子要绚烂，要喧哗，要意气风发，要不卑不亢。后来，我爱上了前往山林的每个时刻。不许背包里的手机再响起，不确定的事情不准再去想，内心少了许多躁动。我与宁静在一起，与自然本身在一起，看生命由最初的状态渐渐成长为一朵花、一棵树……这些自然的面目是我重新找回的脸，谁也无法再剥夺。

沿壁而下的泉流吻向我，林海而来的清风拥向我，滚烫的身体因这清凉的灌注而退烧。想起读博生涯将结束的夜晚，我被海水淋湿，心热，头冷。一个人穿过长堤，耳边是猛烈的海风在吹，船只在剧烈摇晃，沿途人声嘈杂，谈论什么，我不知道。但我心里好安静，清清楚楚自己迈出的每一个步履正通向未来。我把自己全然地交给时间，交给命运。

这些年里，许多人来，许多人去。某一刻回首，仿佛自己在山中静坐，看落花起漪，听空谷回声。一朵朵菌菇在生长，一只只虫子在蜕变。它们全然地相信自然，全然地接受自然，不断成长，也不断接近死亡。它们的一生也是地球上所有生命的故事：无一例外一切都会过去。

艰难会过去，痛苦会过去，喜乐也会过去。千山万水都无法阻隔人的重逢，但分别也常在这千山万水之中。

到山中，我渐渐理解了父亲。他总往山里跑，被母亲说成"心野"了，其实是另一种意义上的归家。深山给他开了一扇门，门外是俗世的家，门内是精神的原乡。

云霞明灭，原野辽阔，我置身其中，看不见自己了，却看到百鸟是我，繁花是我，彩蝶是我。我摸不到自己了，却摸着树木是我，岩石是我，瀑布是我。灵魂一旦自由，我就成了风的同类。

时间在这里，看似浪费，却是另一种得到。

人生在这里，看似停顿，却是迈向无尽的天地。

一股股生命纯粹的力量在延续，在跃动，四处皆能耕耘，四处都可收获。

我融在这青山之间，我的躯体在舒展，我的灵魂在放牧，我的眉目越来越清晰，看到世界是如此崭新，又如此丰盈。

满眼尽是自然的情意，心开一朵玫瑰。

## 山中的等候

那一年带着采风创作的任务，我和一个懂茶的多年好友前去武夷山。后来才明白自己带着目的与心事前来，到的并非武夷山，而是一座空山。

是要倒空自己，让自己回归纯粹，才能走进它，抵达真正的武夷山，才能推开一扇柴扉，在一片山水中等到那古老的灵魂。

一棵桂花树正等候着我们。

它从宋朝穿越而来，传闻是朱熹亲手所栽。多少朝代在时间长河中成了须臾的烟波，它仍然郁郁葱葱地生长，到了开花的季节就开得满身的灿烂。千枝交错，盘旋屈曲，形若游龙，此刻星星点点的小黄花缀满枝头，飘香幽远。

站在宋桂底下的那个下午，风冷了一些。我看着叶子，就像看着历史，哪些王侯将相到过这里，哪些文人雅士流连于此，他们是否曾像此刻的我这样凝望着这些花叶？唯有桂花树自己记得,并将他们在这里有过的光阴深藏在心,成为自己的年轮,一圈一圈长在自己的身体里。

朋友一伸手,花叶好像听他话似的,纷纷落下来,旋舞着飘到他的掌心,也到了我的衣上,粘着,仿佛找到了新的家,住着。朋友低头,细细瞧了一会儿这些自然的精灵,又举目望望崇山峻岭包围下的村庄、城镇。然后他轻拍着手,桂花又纷纷落成一阵细小的雨。之后,他又耐心地将身上的碎花瓣抓下来。

我说:"山上花多,这会儿弄好了,等会儿又粘了一身,不如等下山再整理。"

朋友一边继续拂衣,一边跟我说道:"它们落在这里最适合,下了山就是红尘了,它们融不进那里的尘埃,而这花香也只能在这里让人闻得沉醉……"

朋友学的是宗教专业,尤其是与佛家文化,与众生万物走得特别近,脚边有昆虫就给它们让道,哪怕是一只蚂蚁,他也从未有过杀心。我亲眼看见他这样的善行,曾被俗世锻造出的那一颗愈发坚硬的心瞬间也软了下来。我听他说完,这下也轻拍衣襟,让桂花沿着原本生命的路径落下,忽略掉它们曾在我身上待过的片刻。它们从自然的环境中长出,回到自然当中或许便是最好的归途。

在这山间,一条条溪流也在等候我们。

沿着鹰嘴岩下长约数百米的溪涧慢慢地走，溪水清澈见底，底下鱼虾的一举一动全都被我们的视线捕捉，没被任何东西遮挡。我看着看着，仿佛那些小小的生命都悬浮在了空中。下一秒，似乎它们也能游到自己身边一样。水中跟陆地的界限因为这层透明而被打破了。

朋友也因眼前这万分干净的水源而欣喜，瞬间脱口而出朱公的千古名句："问渠哪得清如许，为有源头活水来。"是的，只有在武夷山，只有生活在这样的环境里，一个人才能写得出这么剔透又富有哲思的诗句来。我不禁想当年朱公也一定从这样的溪边走过。

再往远一点的溪面看，有棵大树或许是因为风雨雷电打击所致，倒在溪渠边，经过溪水一次次地流经、浸泡，那树干已布满厚厚青苔，渐渐融进了溪水的生态圈。它的底部成了溪蟹鱼虾的庇护所，同时也繁衍着众多的微生物。

这样一棵倒下的枯树，让人分外感动。我想起神话当中的盘古，当他死去，左眼变成了鲜红的太阳，右眼成了一轮明月，肌肤化作辽阔的大地，四肢化作大地上的东西南北四极，血液是那日夜奔流的江河，而那流过的汗水则成了滋养万物的甘霖。他为了世界的形成，奉献出自己的全部。

"不掺杂进人为复杂的因素，生命的过程本就应该如此纯粹，就像这棵倒在水中的枯树，就像这山间的一切，自然孕育了它们，

山中的等候

它们也回归了自然。"朋友望着溪面说道。

我点点头。山水里都藏着原乡,藏着爱。

茶圣陆羽在《茶经》一书中说:"上者生烂石,中者生砾壤,下者生黄土。"武夷岩茶便是所谓的"上者"。而武夷山区山峰众多,不同的岩壁、水土、光照造就了不同岩茶的味道,当中有"牛肉""马肉""龙肉"等诸多品种。

我问朋友:"知道这些'肉'的由来吗?"

这当然难不倒懂茶的朋友,他立刻回道:"这些'肉'其实指的是肉桂,肉桂茶树是武夷原生树种,自发现之日至今已有一百多年历史。它奇香异质,香极辛锐,具有强烈的刺激感,是武夷岩茶的最佳当家品种,成为乌龙茶中的翘楚。清代蒋衡在《茶歌》里是这样形容肉桂茶的:'奇种天然真味好,木瓜徽酽桂徽辛,何当更续歌新谱,雨甲冰芽次第论。'而'牛肉'指的是牛栏坑肉桂,'马肉'是马头岩肉桂,'龙肉'是九龙窠肉桂……"

那时我们一边说话,一边走在山道上。一级一级的石阶犹如琴键,被我们的脚掌触碰着,发出细微而美妙的声音。

朋友突然停下来,对我说:"闭上眼睛。"

"啊?"我愣愣看着他,显得有些困惑。

朋友微笑着伸出手,轻轻地将我的眼帘抚下,又说着:"闭上眼睛,只用耳朵细细地听……听见了什么?"

我屏息静听,那一刻感觉自己跟山区的空气融为一体,是透明的,是湿润的,是清新的。耳边能听到越来越清晰的声音。

"我听到有鸟在唱歌,有泉在流淌,有风吹着林子动,那些茶叶也在动,而躲在丛中的虫子也在嘶嘶叫着。"

"如果你现在用心感受,你也能闻到这条山路上弥漫的味道。"

我听他这么一讲,就深深呼吸了一下。

"你闻,是不是有瓜果香,而且还很浓郁,再一闻,是不是也感觉到有岩边沟涧的气息?这就是武夷山特有的岩韵,只有这样的环境才能孕育出带着这些'岩骨花香'的茶树……"

我按照朋友说的,认真闻着四周的味道。让我感到神奇的是,当自己伸长鼻子去闻的时候,觉得自己变成山里头的动物了。那个瞬间,山间香气充满了我的身体,又使我的内心格外平静。

接着,因为这清新的味道,我的脑海里浮现出了一幅画面:茶杯中浸泡的一片片焦黑色的茶叶,它们起初蜷缩着,然后不断舒展开来。而叶片上的颜色也不断由深变浅,慢慢地,回到了暮春时的绿。再过一会儿,这些叶子又回到了初春时的新绿。它们仿佛是刚被一双双手从晨间的枝丫采下,放进背篓里,阳光渐渐铺满了武夷山,一个个的背篓里很快就堆满了叶芽,圆鼓鼓的,像装着嫩绿色的胖娃娃。大家唱着茶歌,背着一篓子春天的恩赐,快乐地回家了。

之后脑中又浮现出新的画面:大家将采摘回来的叶芽进行晾青,仿佛将生命摊开,变成一张画布;之后摇青,会见着叶子跳来跳去,犹如在舞蹈;炒茶时,众人在室内满怀喜悦,将茶叶在锅中撒均匀,反复细致地翻炒,眼中充满期待,期待见着要浴火而生的凤凰一样,茶香成为一片透明的海,大家的鼻翼都在里面自在地舒展,游弋;待到揉捻时,那些新嫩饱满的茶芽已变得成熟,但用手再触摸、轻揉它们时,众人都不禁深呼吸,感受着藏在气味中的秘密,揉捻这些茶叶的时候,就像抓满了它们经历过的所有时间。

看到我睁开了眼睛,朋友问:"感受到了吗?"

我坚定地点点头,说:"清清楚楚感受到了只属于这里纯粹的时间和生命。"

世事无常易变,唯自然恒常如新。观察枝头的一片树叶,在四季晨昏变换的色彩里看到自己身体的变化。举起一块石头,顺着那蜿蜒的纹路也回首自己所走过的道路。与山川、草木、鸟兽、虫蚁相见,便是与自身相见,而与它们对话,就是与自己的灵魂对话。庄子曾说："山林与，皋壤与，使我欣欣然而乐与！"自然是我们生命与精神的原乡，时刻可以回乡的人怎能不常怀欢喜？

从武夷山回来，没过几日，我又很快梦回那座青山。遥遥感知，山水依然清晰。自己似乎还在跟朋友在山间兜转，置身在一大片的光影斑驳当中，听那溪流潺潺、幽幽鹿鸣、百鸟歌唱、松涛回响，看那绿波荡漾、千山暮色、群星闪烁，真是历历在目。

想起古厝院落里的宋桂，我就是桂树一棵吧？

想起三十六峰间的溪渠，我就是流泉一泓吧？

想起座座岩壁下的茶田，我就是茶叶一片吧？

当美好以绵延辽阔之姿途经我的生命，我的失落、彷徨、悲伤、痛苦都不禁变得渺小，不值一提，时间只剩下无限的空白了，连碎片也不曾看见。世界寂静，像我的脚步那样，停下了。

那一日，千朵万朵花开着，千只万只鸟飞着，万物皆在这深山等候。而前来武夷看山看水看茶的，除了我们从城市带来的那副皮囊，还有我们的灵魂，他们也彻彻底底地在场。

因他们在场，山丝毫不愿空。

## 岛屿的呼唤

飞机斜入空中的一瞬间,脚下再也感觉不到土地的支撑,我才确定自己是真的要离开一直生活的陆地了。

身旁没有一个认识的人,他们都在飞机平稳飞行后熟睡,而我一直保持清醒,像孩子一样认真地望着舷窗外的世界。

天际线像一根正燃烧的火线,随着时间的推进,渐次熄灭。

想起之前许多个夜晚,我困居在繁冗的生活里,回到住所后,大幕一拉上,灯光暗淡,身体塌陷在沙发里,或者躺在床上,内心突然间无所适从。

熟悉的空间、人事如此绊住我们的脚踝,渐渐地,我们会在一种恐怖的习惯中度过漫长的岁月。这种习惯将毁掉你我原本真实的性情和另一种可能的生活,而我们都还这么年轻。

我幡然醒悟,决定去陌生的天地,换一换空气,找一找自己。

于是，我有了这之后半年的岛屿生活。

在岛上旅行，我经常想起杰克·凯鲁亚克于《在路上》中说的一段话："我醒来时，太阳已经血红，这真是我一生最特殊、最奇怪的时刻，不知自己置身何处——离家已远，旅行的疲惫蚀透我，待在一间我从未见过的便宜旅馆，外面，蒸汽嘶嘶叫；里面，老木板吱吱响，我聆听楼上的脚步声以及一切凄凉的声音，抬头看龟裂的天花板，整整十五秒，不知道自己是谁。我不害怕，我只是变成另一个人，陌生人，鬼魂附身的幽灵人生。"

的确如此，当我们身处他乡，有了陌生感，连自己似乎也成了另外一个人，但实际上，这个"陌生人"正是原本的我们，是已丢失许久的你我。跟这个"陌生人"打声招呼，和他聊天，跟他分享内心深处辽阔的宇宙，你会发现他宛如白瓷，正被一点点刻上你的花纹、染上你的颜色，渐渐地，你就把自己找回来了。

独自旅行，就是有这样一种"招魂"的魔力，使人可以更为敏感地察觉到自我个体的存在，而不是只关注着昨日敷衍无聊俗世的那具皮囊。于是，看山又是山，看水又是水，鸟叫起来声声入耳，花开起来朵朵香，一切都变得真实而具体。

那次在阿里山上，神木苍翠，百鸟齐鸣，在空蒙近乎幻境的世界中，我清楚地感觉到身上的每一个毛孔都突然被打开了，它们在呼吸，也像在开口与这世界对话。一种久违的熟悉感像风与山泉一样灌进我心里，自己如同与故人重逢，一时间内心宁静祥和，感觉天朗地阔。

在花莲海边的礁石上静坐，远处黎明最初的一抹曙红从海底跃出，之后闪出日头，冉冉微光瞬间如火炽然，太阳洒下的金光在海面上跳跃，汪洋成为一条巨大锦鲤的脊背，不见头尾，如我不见自己的前程与来路。

凌晨四点多在兰屿上醒来，拉开窗帘，刺眼的阳光袭来，我眯起眼睛，眼皮上好像铺了一层热巧克力。曾经梦想着能跟一个人一起迎接此般盛景，但后来人事扑空，唯独剩下自己一个，一晌贪欢。睁开眼，世界甚美甚空，一个人也很好。

孤独上路，让人彻彻底底感受到，朝露与落霞都有美的一瞬，也是永恒的一瞬。珍惜当下，旅行结束，又是一片新天地。任自己对已逝的风景念道再来一回，却难得再有机缘。

因为世界太大，时间正将你我推到越来越远的地方。万事万物，错过就是永恒。

即便来到全新的地方，一个人也无法真正做到米兰·昆德拉所说的"生活在别处"。用一个背影，或是一件衣服、一本书、一枚硬币、一根发丝来做牵引，过往的记忆如高山上的冰川会不时在旅途中闪现。

记得有一晚已至霜降节气，我走在高雄盐埕埔的路上，仍感觉自己生活在夏天的世界里。风不冷，一些人家院前的花还在开，叶子在海岛明澈的月光下闪烁着光点。这是一座恒温岛屿，过去两个月的温度与此刻相近。

　　想到之前入冬时，自己还在工作的地方为生活打拼。那时我租住在一处老房子里，过着无精打采的生活。重庆冬天的晚上特别冷，又极为潮湿，屋内空调失灵，无法调到能使人温暖的温度，我虽裹紧被褥，但醒来后一摸还是凉的。那时候面对未来，我全靠做梦，在山城时常升起的雾中，自己总看不到楼房背后的远方。

　　而我们总在别人的提醒中瞥见自己的未来。某一天下班回来后，D跟我说，他三十岁了，假设自己能活到七十岁，人生也快走到一半了。我突然也意识到自己的年纪，在那些毫无追求的日子里，时间过得太匆匆，生命显得极为廉价。

　　我陪D走了一段路，听他诉说点滴，我外表平静，但内心一直翻腾不息，觉得自己的余生不该浸在安稳却无望的泥沼中，这样默默无闻地逝去，青春该有它的风景、它的变化，不该这样风平浪静地衰退。告别D之后，我在冷空气里吸了吸鼻子，穿过前方密集高耸的楼房，大步往前迈，我愿意独自探索更多人生的可能。

　　千山万水走过，走到此刻，我没有多少悔恨与可惜，也说不

岛屿的呼唤

出有何憎恶的人或事，但我怀念在春晓、夏雷、秋夜、冬雨中亲人、朋友在我耳畔说的每一句话，它们生机勃勃，温暖如雪天炉火，总在提醒我，即便某天孤身一人也要去感知幸福，世界是精彩的，别让日子的底色长久灰白。每个珍贵的人总在人世的旱地上给我灌输这样不息的泉流，使我的生命丰沛，使我走过的路两旁枝繁叶茂、花团锦簇。

我怀念逝去的日日夜夜，怀念独自在异乡火红夕照中奔跑的身影，仿佛一只顽强的跳蚤在这孤岛上欣喜跃起。

读博的岁月里，航班一趟趟往返海峡两岸。每当飞机在高雄机场上空不断下降，我会放下手里正看的书，侧着身，往舷窗下面看，海天一色，水上的轮船也像是在天上航行。印象中，以前入冬时，自己总会站在山城的某个角落抬头看一会儿天空，它好像经过数次浆洗后仍不干净的油画布，我这才一遍遍确认自己已经离开大陆的天空。

我一直知道，人生的旅途从未结束过，一切都还在进行着，于是自己又很安心地沿海拾贝，捧书翻阅。

如果你正年轻且孤独，试着将自己放逐到一处陌生的地方，给身上的痛苦、哀思、聒噪一个家，让它们在别处安居乐业，从此不再至死方休般纠缠自己。旅行的过程是一种删繁就简将自我过滤的方式，你所有的不堪、遗憾、无奈都该暂告一个段落。

站在晴朗里

在每一个安静的时刻，将耳朵低垂，如鲸潜入深海，去听听心中那片海洋的呼唤。

推倒围困生命的那些高墙，虚化自己，变成风，迤迤然，循着那远方的鼓声，吹去，吹去。

## 人间万物，同我仰春

1

小时候最喜欢吃橘子，没有长熟、皮还是青的那种。

咬在嘴里，会酸到骨子里，多吃几瓣，舌头便麻了，仿佛对自己味觉的一种惩罚。

但我就是喜欢，任凭大人们怎么劝阻，我就是对小青橘情有独钟。

如同年少时脾性稚嫩而固执的自己，总做出跟大人们想法不一的事情。

习惯黑夜，迷恋孤独，独自哭闹，看影子在月光下，攀着竹藤一点点变长，长成现在的自己。

## 2

我一直都喜欢看花。

在二月的鹭岛,盯着满墙满屋檐垂垂而下的凌霄,总看不腻。那些橙红色的花,如昼日里的一颗颗星,温柔而安静地点缀在春的裙角边,风一吹起,淡香扑鼻。

那味道像极了奶奶曾经擦在脸上的"百雀羚",只轻轻一吸,无数老掉的时光仿佛都能回来。

可惜,只是仿佛。

花热热闹闹地开了,开成小岛上的海。

眼前的看花人已经不似当年。

那些心情,那些感觉,都会在一阵阵风里散去。

在成长的路途中走久了,就常常把一瞬美好的光阴看成永恒了。

## 3

长大成人是什么节奏呢？

会如同李斯特的钢琴曲那么美妙吗？还是像从陶笛里飘出的乐声？

真正的节奏是坐上了平凡生活中的传送带，每到一个环节，会听到机器发出一声短暂的"嘀"，随即进入下一步骤。

开始买洗面奶和爽肤水，用爸爸的剃须刀，看电视上的婚恋节目，声音一点一点像生锈一样，接近唐老鸭。

开始不听被同龄的朋友鄙视的动漫音乐，不吃棉花糖和麦丽素，不排斥电影里接吻的镜头，对任何意见和建议不加辩驳。

好像有点冷漠，有点残酷，有点麻木，变成大人的面目。

渐渐习惯这个世界。

像一棵树，长出枝叶，亭亭如盖，将风雨挡在外头，里头依旧是自己的那颗心，跟昨日一样在颤动。

## 4

青春真是一件来得太过匆匆的礼物,在我没想好要不要收下的时候,它就从时间的那端光速般跑来,悄悄落到我手中。

忽如一夜春风来,我没有看见千树的梨花,只看到自己的手掌长出了和爸爸一样的沉默的茧。

我知道这个茧里永远没有蝴蝶。有的只是一种机械的重复、没有止境的道路,和岁月老去的乔木。

村上春树说,你要做一个不动声色的大人了,不准情绪化,不准偷偷想念,不准回头看。

没有做好准备,也要匍匐向前,这是成长。

但我还是想看一眼在花上留吻的蝴蝶,由床头移到床尾的阳光,墙角举着米粒的蚂蚁,窗前长得青绿的四叶草,石头下松土的蚯蚓……

看一眼,再看一眼。

## 5

去过大人的时代。

这不是小时候的自己日夜期盼中的事情吗？

没有闹钟，没有作业，没有竹鞭子，没有老师告状，没有妈妈的责骂。

不用注意爸爸的脸色，不用管今天是星期一还是星期日，不用被人说成"调皮鬼""捣蛋鬼""天真""幼稚"，不用单元考、期末考、中考、高考。

可以整天抱着电脑，可以赚大把大把的钞票，可以买自己喜欢的衣服鞋子，可以大声哭，大声笑，大胆地谈恋爱。

仿佛自己在雨水里都能发光，没有翅膀也能飞翔。

想要的自由，没有边际与一丝阻扰。

自己跟世间的每阵风都是同类。

## 6

朋友小安说，这是童话中的大人，不是现实中的大人，我们终究要变成后者。

认识小安的时候，我和她都坐在初中教学楼的天台上吹风。风吹着白衬衫，吹着杨树的叶子，沙沙沙，吹着吹着，吹过了好些年。

最后一次和小安坐在一起，是我们即将高中毕业的时候。两个人一起沉默。她给我看我们初中时的毕业照，一排排衣着整齐的少年，轮廓清晰，眼眸莹亮，瘦而羞涩。而现在，却惶恐、忧伤、倦怠又不舍。

那天刮着风，蜻蜓向着日落的河边飞去，远处的天空有断线的风筝，一只只散失在风中，无人认领。

好像我们。

"小安，我们可以不变成大人吗？"

"不行，那样世界不会饶恕我们。"

童话的源头，来自人与世界无法和解的矛盾。

## 7

在雨夜里,我总会一个人静静地在房间里听《青春无悔》。

却发现自己一直在后悔。

后悔当初那样傻,只爱谈天和微笑,后悔表白咽于心底不曾吐露过,后悔没有及时挽住谁的手,而任她悄悄走。

后悔贴错了标签,信错了人,后悔走错了巷子,看错了花,后悔自己对待一切,就像一个傻瓜。

"不忧愁的脸,是我的少年,不仓皇的眼,等岁月改变,最熟悉你我的街,已是人去夕阳斜,人和人互相在街边,道再见……"

## 8

青春不是最美好的时光吗?为什么会这样无助、难受,仿佛苍老了一样?

荒草淹没过的原野,没有留下只言片语,岁月冰封的河流上,跑过一群一群犄角鲜红的鹿。

像一串一串的孤独。

我从梦里醒来，哀愁仿若黑夜鼓满衣襟。

如果你还在身边，请你不要松手。

我要你知道，你是我的未来，是我每天一睁开眼就能看见的芒。

## 9

一年好景君须记，最是橙黄橘绿时。

什么色调的青春，都有着不可错过的风景。

如果你忘记，我会再把这首诗念一遍。

轻轻地读出每个字。

像昆虫抖动着翅膀，像早春燕子的呢喃，像远山悄悄淌下的泉。

## 叶落知多少

夜里起风了，阳台上的衣架嗒嗒地从一边跑到另一边。玻璃也不安分，像巨鸟的翅膀在抽动，一个盛夏都在蒸板上趴着的山城一夜间被灌满冷气。

我在半夜被冻醒，开了床前小灯，赶忙撤下竹席，找来毯子，将周身裹得紧紧的。窗户没关死，风漏进来，像透明的丝线，缠着我。对面宿舍楼的灯光渐次熄灭，黑暗席卷而来。不知为何，我竟莫名其妙地感觉到幸福。

觉得自己顿时成了一只蚕茧，世界很小，但安全且温暖。

想起童年时的秋夜，风也凉丝丝的，小蛇般游进每家每户。树叶被风摇晃、打落的声响听过去好似下雨，沙沙沙，哗哗哗，浸在这些声音里的睡眠是分外柔美舒服的。我还是五六岁幼童的时候曾和哥哥挤一张床，他觉得冷了，便扯我的被子，我睡得死，只觉得秋风也灌进了梦里，梦都被吹凉了。父母房里的灯火是最晚灭的。母亲隔一会儿就会轻轻走过来巡视，把哥哥扯走的被子盖在我身上，不时搓搓我冻红的小手，呵上几口热气，便又离去。我依旧睡得死，只觉梦里有火燃起，从黑夜中烧出一片黎明。光注入我的身体里，顿时不觉寒意。

清晨起来，推门看去，道路上落叶成海，冷风一阵紧接一阵，像隐形的列队走过的禁卫军。昨晚的每棵树想必都历经了大大小小的离别，抬头低眉间，便都是残枝，都是落花，都是光阴的讣告。每至秋来，虽说草木和人一般，在我心里本不该有高低贵贱之分，但我还是不由得心疼起丹桂和银杏。见那一小簇一小簇的桂花虫蚁似的落往低处，看这一沓一沓的银杏树叶子如纸片般贴在路面，任人忽视踩踏，心里颇感难受。多少难挨的日子里，我们都是闻着草木的芬芳走过一段一段的尘世，而今面对这些衰败的美丽，也只有黛玉那般的人肯舍得花时间厚葬它们。我们只能迎着冷风加快行走的步履，空余脚下一声声的脆响留作悼念。

苏打绿乐队有一首歌，叫《故事》，秋天的时候，我总想听。

"秋风推开紧闭的门扉，阶前秋水孟浪逼上眼，梧桐吹乱漫身黄雨烟，归雁揉碎无边艳阳天……曲终了，灯未尽，月积水，带露去，衣袖沾湿不要紧，人不见，数峰青，东篱下，一身轻，缤纷落英，忘了路远近……我爱，我恨，我哭，我笑，人生一场

叶落知多少

大梦，夜落不觉晓……"唱歌的人像讲故事的人，听着旋律，自己仿佛坐在一辆板车上，驶过刚刚收割过的田野、清欢寥落的山林、无人拜访的庙宇。有果实坠地，融到心上。

秋天也适合读诗，一边翻诗集，一边看窗外，每一片落下的叶子都是每一行诗清晰优美的韵脚。在世界顿时慢下来的节奏中，心也变得安然，平常桌椅、沙发抑或床，都成了自己的船，荡漾在宁静的湖上。里尔克的诗是我所喜欢的，在《秋日》中他写道：

> 夏日曾是盛大。
> 把你的阴影投在日晷上，
> 让秋风吹过牧场。
>
> 让枝头最后的果实饱满，
> 再给两天南方的好天气，
> 催它们成熟，
> 把最后的甘甜酿入浓酒。
>
> 谁此时没有房屋，就不必建筑，
> 谁此时孤独，就长久孤独，
> 就醒来读书，写长长的信，
> 在林荫道上来回不安地游荡，当着落叶纷飞。

在渐浓的秋意中，我们抛去盛夏聒噪的蝉鸣，屏蔽焦躁的心境，开始释然而温柔地对待余生。

但这叶落景致虽是华美潇洒，却不免像极了一场场告别。

每每回首自己与友人分别时的场景，鼻子不禁酸涩起来。虽然许多时候离别都是笑脸相送，但哭声却响于心底，那些骨骼、血液记得最清楚。

自小因性格使然，我甚少与人交流，常独坐一隅，不愿加入各方圈子，参与众多琐事。云如是最早提出要跟我同桌的人。初二那年秋季入学，我结束了独坐状态，班主任小荣老师安排云如坐我旁边。课间，翻开批改后的作业本，一张小字条叶落似的从中飘到地上，我捡起一看，是小荣老师的字迹，写着"云贵，云如主动说要跟你坐一起，我便安排了"。读罢，我便知晓这份同桌情谊的珍贵。云如人很温和，也擅言谈，成绩逊我一些，但理科强于我。同桌两年，我深受其照顾，他知我脾性与爱好，若遇上我看书写文，他从不打搅。少年时我好胜心强，有几次在某一科上看他比我多考了些分数，便不开心，云如自谦，总是放低自己对我说些漂亮话。

那年初三，我因成绩好保送进了市重点高中，免去中考之苦。他不知是有意无意，在考试那两天都途经我家门前，见我悠闲看书，便唤我一声。我疾疾跑出门去。因时间关系，便只说些言简意赅的祝福，之后他笑颜盈盈地离去，我却忘了要说再见。那年他分数考低了，只留在镇上读高中。而我再次见到他时已是大四末端。在老家长乐的大街上，他穿着笔挺的西装，认出了我。我这才知道他高考亦失利，进了专科学校，现已在保险公司工作一年有余。他知我考研成功，为我开心，脸颊上的笑容还似年少那般，但我深知他已然长大，言谈之间他问及我的总是对象、未来工作、住房等问题，我不免心里一阵失落。随后他开公司的车送我。下车时，我对他挥挥手，他依旧带着笑颜。我看着他把车开远，在视野里消失，口中仍然跟当初一样沉默，没说再见。

"人生原是一场接着一场的欢喜与离别，来日方长，我们总会再见。"我在心里默念着。

无人相伴时，孤独好像海水一样，渐渐向上满溢，自己便成了鲸。游荡在街道上，零星的人影很快也像熄了火的烛焰，融进黑暗里。风钻进毛衣纤维的间隙，再潜入毛孔，不禁让人哆嗦起来。

街衢长长，夜色沉沉，孤灯下自怜的影踪是心上去不掉的一抹黑，秋天，像一个世纪那般长。

红尘拥挤，我们都寂寞。

但幸好在这秋天，车马都停靠在时间的过道里，日色旖旎，我们可以活很久，慢慢地在记忆中拾柴，为日后到来的寒冬准备满满的温暖。

  叶，尽管落着，沙沙沙……

  愿意抬头看树叶的人，阳光总会第一时间吻向他。

# 唯有孤独才能走进风景

有一年冬天，我独自坐上火车去往南平的山间，在一个名叫"来舟"的站点下车。

那时满山叶落，树枝都在风中摇动，颤颤得像极了相互交织的手指在冷风里弹琴。破旧的月台上布满红色的锈迹，白底黑字的站牌逐渐掉光漆色，边缘显露出木头的霉斑。岁月流逝的风景在这里如此清晰。

多少果实躲在里面，熟透了？多少风月藏在里面，一天天地来与去？仿佛自己一伸长鼻子都能闻到丝丝气息。

来舟有河，环绕村落，日光下泛着粼粼清波，像是大鱼晃动着鳞片，它要游向哪里，我无从知晓。我只知道眼前的景色是我曾经梦中的图景，那种美妙的感觉让我仿佛虚化，融到空气里，找不到自己的肉身。

身体被清冽的泉流浸洗，析出自己身上的欲念、疲乏与困顿，一一沉淀，变为水中沉睡的石。鱼群游过，也惊不醒底下的沙砾。

心中感恩并珍视这如梦的风景，它美，却易碎，只有孤独才能接近它、保存它。

也曾在年少时与发小游过灵隐寺。寺院内外，每株草木都散溢出一种幽然的芬芳，这芬芳来自矿石化作的泥土，来自时间的孕育，但只有带着灵魂行走的人才能闻到。

入寺人群众多，发小提了个建议，绕寺庙外围走上一圈，避开人群，山则是空山，水则是静水。我赞同他的想法，点点头。

我们从右侧走数百米，看到一片小村落。房屋排列在道路两侧，多为木质，满街飘散着龙井的清香。游客不多，零零散散的人漫步其间，偶尔会见到一些穿衣文艺的女子坐在百姓屋前食面，那翕动的嘴如蚕食桑叶般轻巧。

路的尽头是无边的茶田。光照下，茶叶反射出细小的绿光，仿佛星石镶满我们的眼眶。人置身其间，不觉肉身的存在，只觉草本是属于我们的另外一种容貌。尤其当茶叶被风吹拂的那刻，我分明感觉身体也变得轻盈，仿佛飘进空空的世界。长大后读到"菩提本无树，明镜亦非台。本来无一物，何处惹尘埃"时，不

唯有孤独才能走进风景

禁想起那时的情景，就略微理解了诗句的意味。

　　喧嚣世间里，人总在记着自己是谁，要去往何处。其实要想看美景，恰恰要忘掉这些。拨开袅绕的尘雾，给心换另一种方向，依然可阅见人世的诗篇。自己站在安宁的时光里，抬头看看，天穹底下，我们这样渺小，并不被宇宙在意，我们何必在乎太多。

　　有时候，美景不在别处，而在于有一个懂你的朋友在身边。他在与你相处的时光中藏着契合的灵魂、美好的人情。那一个个故事构成了一道道珍贵的风景，被岁月保存，一直安放在彼此的脑海，不起褶皱，不褪颜色。

　　记得在北京时，有天夜里跟朋友看清华园的荷塘月色耽误了时间，我们匆匆跑到公交站点，已无回大望路旅社的公交车。我提议，可以先乘其他公交车到目的地附近的站点再转坐出租车，即便途中公交车要绕大半个北京也无妨，就当作看好风景。朋友同意。我们随即坐上了开往木樨地的公交车。

　　已是深夜十点半，车上依然人影绰绰，不断有人上车下车。我和友人坐在窗边呆呆看着夜景，没有说话。一个小时后到了木樨地，此时夜更深了，黑暗咬着路边仅有的几丝光亮，大风吹来，仿佛夜就把光吞了进去。昏黄的路灯下是友人那张瘦削的脸，那双瞳孔发出光亮，显得异常坚毅。他体内犹如燃起了一盏灯。

不知道过了多久，一个夜晚漫长得似乎没有黎明，我们仍在等待。等候中，我们彼此露出笑容。这上扬的弧线把夜晚刮出了口子，当一道道闪耀的车前灯光朝我们扫来时，我和朋友跳了起来，激动地挥手，像一种胜利。当然，也像一种告别。

或许是一年后，或许是十年后，我们再见面，是否还会想起那个夜晚，我们像被世界遗弃的孤儿。"但幸好有你在，让我感觉到温暖。"坐上车之后朋友对我说的话，我一直都记得。

在人潮退去后冷清不堪的暗夜里，两个孤独的人因为一个方向而把影子融合在一起，凭借对彼此的信任前行，在美好或者糟糕的境地中，双脚触碰着每一处灵魂的质地。这样的风景谁能够忘掉？

其实人这一生，在看风景的途中，多半时候是孤家寡人。

我耳机里常放温柔的钢琴曲，悠扬的琴键音似清风般回荡在每寸空气里，即便关上音乐播放器，也依然能够长久延续。这是属于耳朵的风景。

唯有孤独才能走进风景

读大学时，我曾听着耳机中的音乐，独自站在北方高山之巅，望向底处的河流。它们扭摆着身子，美丽而神秘，蜿蜒成细细的绸，从西往东要缠向谁的腰身。那些被水绕过的群山巍峨如父母的脸，显得严肃，无法撼动，在耳边的音乐里，它们却也变得柔软了。从更高的地方看过去，高山快和低处的矮物齐平，在视野里像极了玩具模型。

最让我景仰的是天空。浮云像白羊一样跑过，有时云雾在山顶，我就置身在云气里，眼前尽是缥缈的轻纱，它们裹住一切，一瞬间又飘散开来，向远处重聚。人间纵是起风起浪、热烈喧嚣，天空也安之若素，日月星辰都按照时辰规律如常更替。天空之上，有我钟爱的一片淡蓝，蓝得轻盈，蓝得宁静，蓝得无动于衷，蓝得只有自己。

离乡漂泊多年，独自走过很多地方。经过幼年的好奇、少年的无畏、青年的冲劲、中年的熟稔直至后来老年的淡然，人从最初的落脚到最后的停顿，经过无数的路途，我们不断迷失自己，那些旖旎或是暗淡、喧闹或是孤寂的风景都如植进我们身体的透明的血管，不要忽视，要沿着它们，我们才能找回自己。

去迎接时间缔造的绵绵风景，走着走着就笑起来，雀跃起来，又在俯身接近一朵花骨朵的瞬间掉下泪来，擦一擦，没事，便继续上路。

在被时光渲染过的风景里，光和所有尖利的器物都会变得柔软，包括石崖、塔尖、屋顶、钢板和一颗颗人心，都会软化粗劣的外壳而露出轻盈的灵魂，宛如跳舞的兔子远离黑暗的洞穴，跳入明朗的天地。

再紧闭的身体，也会在那一片片景色中打开，渐渐松弛，成为这个世界柔软的部分。

## 起舞吧，在山川原野间

数千年前，一部《诗经》歌咏出了人与自然共生的诸多风景。或是蒹葭、萱草、荷花、杜梨，或是雎鸠、白鹭、鸳鸯、蜉蝣，无不与人的悲喜命运、日常情绪息息相通。物作为人的隐喻，人也和物互相映照，美美与共，越过时间的长河。

在朴素的日子里，自然会给予我们缤纷。

在春天的林间，看见绿意逐渐冒出，树梢、地上过不了多久就被一片一片的绿覆盖。伸到脚边的藤蔓与新芽，好像在跟我说着与这个世界初相见的好奇与喜悦。到冬天的旷野去，白雪皑皑，大地只有这纯澈的颜色进入自己的瞳孔中。奔跑起来，吸气，呼气，口中飘出的雾气也是洁白的。自然是丰富的颜料盒，黛蓝、墨灰、蜜黄、山茶红、樱桃紫、蝶翅蓝、清水蓝……我们的生命在这些缤纷的色彩中延展，往前。

在忧伤的时刻里，自然会给予我们抚慰。

捡到一枚公园里的槭树叶子，成人手掌一般大小，边缘是橙红色，中间是金黄色，拿在手里，仿佛是收到秋天吻过的一封情书。路上的风景都是一个个恋人，孤单的自己，也有了前行的力量。认真付出、得不到赞美甚至无人理解时，疲惫坐在台阶上，一只小狗与自己不期而遇。它迟迟未走，像看同伴般看着我，眼眸中透出一股温热，我就可以对蜷缩的生活微笑了。无论过得好坏，有何烦恼，自然万物都在陪伴我们。在它们的抚慰中，我们能以温柔之心去对抗艰难世事。

面对日月星辰，山川原野，人从来都不伟大，也不重要，身上的沉重皆可放下，回到自然的原乡，回归微小的自己。岁月的大浪打来，不惊；俗世的宠辱路过，无事。

记得有一日，我路经池上，在大波池看莲花。入夏时节，荷都是新鲜的，有的已朵朵绽放，有的则含羞等着时间来敲它的花骨朵。明晃晃的阳光下，碧叶芳裙，一一风荷举。风一吹，叶上的水珠便滚动起来，这边蹿一下，那边跳一下，像小孩子莹亮灵动的眼珠。

曾以为像莲这种水生植物特别好养，只要有处池塘供它们生存，便能"接天莲叶无穷碧，映日荷花别样红"。在大波池拍照的间隙，和一个在地阿公聊起来，方知莲的生长跟水位有莫大关系。初期要浅水，生长期要逐步加深，其后开花、结子、结藕又需逐步落浅，雨期到来时，农人常常要来巡视，确保收成无恙。一池芳美、莲叶田田的背后，不仅靠自然恩赐，也需人精心照料。

起舞吧，在山川原野间

风过也，清水莲花香。人与物彼此依靠，共生共荣。

我上一次来池上，已经是多年前了。那时正好赶上秋收稻穗时节，主办方特地邀请到了"云门舞集"舞团到这里演出。那是舞蹈家林怀民先生以中国最古老的舞名"云门"为名创办的职业舞团，是当代华语社会十分瞩目的舞团之一。舞团常年在海外多地巡演，作为众多艺术节和一些重要剧场的常客，获得了万千观众与诸多舞评家的盛赞。我很喜欢"云门"创团的宗旨——"为所有人起舞"，让舞蹈走进大众的生活，走进每个自然的日子。

当亲眼见到他们的演出场景，我被深深震撼到。秋天，在金黄的稻穗、蓝天白云的围绕下，演员们在翻飞的稻浪中翩翩起舞，池上的田、土、风、云跟舞动的人相得益彰。在古典乐当中，呼吸，伸展四肢，俯仰蹲跳，再起身，旋转……一连串的动作展示着身体线条的美感，仿佛人也是株稻禾，在泥水中摇曳生姿，再加上金色稻田的背景，让人沉浸在魔术一般的时刻，丰富五感，融入自然，释放内心的压力。这是舞台上的人们与自我、与自然对话的诗意形式。

和朋友到武夷山旅行时，也见到了山脚下的剧场。不同于闹市中用钢筋水泥所分隔出的空间，这里的《印象大红袍》演出剧场融于自然山水当中。这是张艺谋导演团队在《印象》系列中一以贯之的舞台风格。在大王峰下，坐在旋转观众席的我们，被夜晚的日月星光照耀着，风可以路过，雨也可以，花草茶香都能飘到这里来。当伸长鼻子去闻空气中的茶香时，自己仿佛变成山里头的动物了。山间香气充满了身体,也使我那颗在俗世中跳动的心格外平静。

《印象大红袍》将传说和现实、历史跟现代、自然与人文奇妙融合。在武夷山茶文化的种种画卷展开中,上百位演员上演气势恢宏的群舞,配合着宛如清风拂来的乐声,向人们诉说着茶叶的前世今生。一片片茶叶落了下来,我的脑海也泛起涟漪,浮想联翩:谷雨时节,雨生百谷。潇潇雨落,茶场青青。欢喜采茶,沐雨而歌。煎茶焙茶,茶香四溢。浴火重生,杯中冲泡。由目入心,茶青如初……演出最后,演员们来到台下,给众人上茶。大家的鼻翼都像在茶香的海洋里游弋。我也不禁深深呼吸,感受着藏在气味中生命的变化,手里捧着茶,也仿佛揉捻着茶叶,春天离我是这么近。

人是自然的一分子,自然是我们最初的家园。面对它,我们不能设置任何一扇隔离的门,春赏樱花,夏赏萤虫,秋赏枫红,冬赏白雪。我们应该时常回到大自然的家中,做回当初那个对万物好奇又悲悯的孩子。

从清晨到暮晚,从立春到大寒,将二十四节气当作自己的24根肋骨,在山川原野间起舞,听呦呦鹿鸣,看浩浩长空,我们每一个坚硬的日子都将逐渐柔软。

起舞吧,在山川原野间

第三辑

我们珍重，待春风

## 一身是月

生活在瞬息万变的年代,我欣赏那些不被庸常俗世逼迫而能够从容做自己的人,总觉得他们的内心是装着月亮的,上面有一棵棵桂树,栖息着优雅的灵魂。

见着这些灵魂,如见深巷人家用木桶慢慢蒸煮出的米饭,颗粒饱满雪白,舌尖碰到,香糯又富有弹性。盛上这一碗慢的人间,才知烟火气也可以如此清冽。

偶然从朋友处得到叶嘉莹先生的书籍,一位才德兼备的女子一生都在为古诗词的传承而行路漫漫。活到九十多岁的年纪了,仍在平平仄仄中优雅笃行,一颦一眸都像是秋日下的江河,娴静,安然,又不失广阔。

在这浮躁时代,守得住清贫跟寂寞的人,太少。大家都谈俗世的意义、功利化的目的,但她却在讲学中,用平缓的清音说:"很多人问我学诗词有什么用,这的确不像经商炒股,能直接看到结果。钟嵘在《诗品》序言中说：'气之动物，物之感人，故摇荡性情，形诸舞咏。'人心有所感才写诗。"

优雅的人从不与俗世众人苟同，自有方向和节奏，在清欢中寻得有味人间。

曾经觉得，一个优雅的人需具备的条件是：有一张耐看的脸，有优渥的家庭条件，腹有诗书，有文化涵养。后来慢慢知道，这种感觉其实说的是类似贵族这样的少数群体，而非真正具有优雅灵魂的人。

无须关注长相，也并非要具备一定物质基础，一个人照样可以优雅起来。它会带来一种气息上的感染，使内心被现实搓揉出的层层褶皱得以抚平，在自己的气候中，湿漉漉的人生被轻轻翻晒。

马路边一个下班归家的清洁女工，戴着耳机，肩上挎着一个帆布包，走路从容。此刻，不见她躬身扫地的身影，也没见着扫帚、簸箕、垃圾车如孩童围立在她身旁。我从远处望见她，若是没有那一身质朴的工作服，还以为她是个女大学生，那长发在风中恣意摇曳，她也不着急，伸手慢慢拂过一缕又一缕，像在梳理现实这匹白马的鬃毛。

同事曾在商场里遇见一个导购员，拒绝导购推荐的西装后，对方也不失态，依然和颜悦色地与同事攀谈，聊起自己日常雅趣，喜欢吟咏诗词。同事有些怀疑，她口中便轻声吟出晏几道的《小山词》："浅酒欲邀谁劝，深情唯有君知。东溪春近好同归。柳垂江上影，梅谢雪中枝。"古典的诗词在耳边回荡，似有林间的风吹来，大楼里沉闷的空气也瞬间变得清爽起来。

在这茫茫人世里，"生活"是不易的两个字，但不代表优雅只专属于某类群体，谁都有权利追求优雅、呈现优雅。

我也曾在街头碰见一群中年人，应是幼时常在一起嬉闹厮混，后来各自居于山南海北的发小，历经沧桑后，又围撮儿坐一起谈笑风生。上一秒聊着天吃着花生举杯邀明月，下一秒又沉默了，之后有人提议唱首《珍惜》，几个男人便丢却苦撑了半辈子的刚硬，柔情似水唱着："珍惜青春梦一场，珍惜相聚的时光，谁能年少不痴狂，独自闯荡……"舒缓而真挚的歌声领着他们返回从前。

家附近有座庙宇，日常看管、打理的是一对年过六旬的老夫妻。曾有几次路过，我见到夫妻俩在工作，他们用刷子清扫案头和器皿上的灰尘，之后用抹布擦拭一遍。劳作中，他们甚少交谈，两人都目光笃定，动作轻柔，有节奏地进行着手里的事情，不被外界打扰。任日色斜去，他们的生命在一种缓慢的劳作中，展示着独特的优雅。

父亲是个不爱说话的农民，平日友人不多。我在家时常常见到他一个人在客厅喝茶，他很讲究，从不直接用热水泡茶，而是一遍又一遍滤洗茶具，见茶汤成色已佳，再倒入白瓷小杯里，极为讲究。屋外种着一棵栀子树，盛夏时白花开得硕大，花香飘进来，跟父亲爱喝的武夷山岩茶香味混在一起，香气氤氲满屋。父亲曾想教我品茶，我年少无耐心，喝完全无感觉，还觉得苦。父亲说，好茶总是苦后能回甘，每一口茶的滋味都需要慢慢体会，不要用喝白开水的方式对待它。

离开家的这些年，一个人面对茶汤，总会想起父亲在家喝茶的情景。他的背影虽然孤独，但有一种洒脱的意趣，仿佛坐于清风明月间听松涛拂动，淡泊，闲适，有着贫苦处境下谁也无法夺走的优雅。

这是一个容易失去自我姿态的时代，在一个讲究时效、快节奏、量化的环境里，我们活得越来越粗糙，过得越来越草率。在办公室里赶一份材料，刚坐下敲一会儿字就冷不丁摔键盘；在人流量超大的高峰时段挤公交，一边排队一边把世界骂个不停；接受部门安排，到多个地方出差，步履匆匆，在深夜的机场转机，顾影自怜；为了一个期许中的明天，通宵准备一场又一场的考试，眼内压不断升高，再熬一秒整个人就倒下了。冷暖空气轮番拉锯，生活曲曲折折起起伏伏，如同行驶在高速上，众人疾驰而过，风尘四起。

太少人能从现实的水池中浮出面颊，优雅地抬起头，看看天空，看看世界。于是，鸟群寂寞了，晚霞寂寞了，月亮寂寞了，星星寂寞了。生命中很多重要的东西，无意间都被我们弄丢了。

一身是月

我喜欢观摩身边普通人的一言一行，有时正好见到他们平凡中优雅的一面，如同望到一条终日平静的大河中突现的船只，带给我惊喜。那个在高楼上练习美声的奶奶，神情专注而投入，把阳台当作舞台，把这天地当成观众；那个在地铁上安静看《生命不能承受之轻》的男青年，眉目紧跟书页而动，与所有低头沉迷手机的乘客都不一样；那个在旅行途中吃水果的中年女人，将小小的一枚果核轻轻放入纸上，认真包好并带走……优雅离任何人都不远，多数平凡人也都有优雅的一面。日常当中的他们，或是像沙砾，或是如野花，乍一看非常普通，但细细一瞅，每个人身上都有一个高贵的世界。

　　当优雅进入我们的日常，乏善可陈的生活也有了好看的姿态，不再机械、苍白。它会逐渐变得丰盈、充满光亮，美好如昨夜忘记抬头去看的月亮，照得我们一身清辉。

## 远去的墨香

我对墨的最初印象是来自祖父收藏的一幅书法。

王羲之的《兰亭集序》:"永和九年,岁在癸丑,暮春之初,会于会稽山阴之兰亭……"洋洋洒洒的长卷后,盖有一方印,四个字,篆体,看得不太明了,朱红的印泥,有模有样,当然这只是赝品。

字是在麻布白的宣纸上写的,黑黝黝的百行字,风吹林动一般秀丽。那黑在白里游弋着,像数百尾黑锦鲤在纸页清塘里游弋着,柔美又自然,让人赏心悦目。

花香时节,祖父常在自家庭院里摆好笔墨纸砚,趁着午后的徐徐清风,挥毫一番,游侠剑客般在纸上行走,笔风苍劲,一派旖旎风景。祖母常坐于其旁,织织毛衣或者采摘花草,抑或是静静看着祖父,时而竟单纯地笑着,像极了六十年前那个刚刚遇见祖父时一脸娇羞的芳龄少女。偶有几只花猫在园子里扑蝶玩耍,这般时光仿若能被拂出声响。

　　幼童时期，我当然是兜转在长辈们圈定的空间里，安分守己。祖父习字时常叫我取些水来，我便拿起大搪瓷杯一股脑跑到古井边取水。那水自是幽凉凛冽，沾着花草园中的香气，尝几口，唇舌间亦是清香流溢。

　　祖父的墨，浸水之后依旧浓黑黏稠，那一笔清秀落下，便是千年江南的韵味。而我自小对这墨是惮怕的，鲜丽亮白衣物，沾染点点，便好似乌羽附着，要想洗净得费下好些功夫。母亲清洗这些衣物时自然是不情愿，每次都得喃喃嘀咕一番，水乡女人的音调是细长而尖利的。这使我恐惧。祖父见了倒是笑笑，说："墨是应该沾的，不沾怎么读书？"那时，我年少，愣头愣脑的，一边被母亲说，一边还在祖父那儿沾了一身水墨。

　　记得雨天时，祖父就喜欢把书桌移至庭院的小凉亭里，沏好清茶三杯两盏，放上几瓣祖母采来的茉莉，洁白通透，砚台上滴着从飞檐上落下的雨水，这般景致自然有水墨画的意境，这是祖父一生追求来的惬意。那时祖父教我练字，我多半是跌跌撞撞地学着，运笔跟跄，行文潦草，不堪入目。祖父笑着，依旧昌茂的眉毛松成柔软的笔画，他耐性握着我的手，一笔一画地书写，一种苍老在我手心里传递着力量。那是来自沧桑人世里的笃定与充沛的情怀。幼时毕竟贪玩，哪能泡在浓得化不开的水墨里过活，便时常糊弄祖父，说身体不适或者功课未做，祖父亦不怪我，让我先把自己的事做好再来习字。每回躲在角落里窃喜的时候，望了望在园中习字的祖父而又有小小的羞愧。欺骗毕竟是种罪过。

那时常写的是一些唐诗宋词，王维、苏轼、李清照，祖父甚爱之，每回都会教我写此等骚人墨客的诗词。"明月松间照，清泉石上流"是王维的闲适笃定，"十年生死两茫茫，不思量，自难忘"是东坡的悱恻思愁，"和羞走，倚门回首，却把青梅嗅"是清照的天真年少……祖父这般调教下来，到小学毕业时自己便已能将往后要学习的诗词识记大半。

到了中学，在父母每日的叨念里身心都汇聚在了繁芜的学习上，跟祖父习字的次数自然与日渐减。祖父常常走到我的房前，犹豫了很长时间才敲了一下房门，见房内半晌没有回应便独自往老书房走去。而当我开门之时，常常看到的只是一个苍老沉默的背影，渐行渐远。时光前行中，我们总会遗失一些物品在最初的路口，包括心情和故事。风来雨去中，墨香也是会淡的。

初三之后，课业更是如猛虎一般袭来，我基本上已经不碰羊毫了。母亲说这叫回归正道。她和父亲已经想到要为明天的我铺设一条怎样的康庄大道，而过去那些留在幽幽小径上的芳香景致亦被他们忽略了。这是大人们对待子女特有的脾性，形同高墙一般的保护，那墙外的点点红梅自然是欣赏不到的。

一日，祖父特地在我清闲下来时把我叫到庭院里，学业询问一番后便和我聊起墨事。老人言语轻柔，充满年老书生般的淡然，"还记得以前教你的那些诗词吗？"我点点头，随即背了出来：

远去的墨香

"十年生死两茫茫。不思量，自难忘……夜来幽梦忽还乡。小轩窗，正梳妆。相顾无言，唯有泪千行。"背得愈发起劲之时，却被他的一声干咳打断。祖父又问我："还记得怎样写？"我说："毛笔字？"祖父点了一下头。我顿时羞愧难当，因为毛笔字早已经在脑中没有了印象。我说："好长时间不写已经忘了。"祖父听完，没有看我，叹了声气，背过脸去沉默了很久。这应是生命在消逝中的老人所不愿面对的一方残垣，透着对时代里愈渐被遗忘的文化的隐忧。

风中，树叶沙沙响着，祖父的眼里似乎进了些沙子，他用素白长袖拭了一下眼角，便一个人拖着消瘦嶙峋的背影到书房去了。不久便取来昔日那支他万分珍爱的大羊毫，细细抚摸一番后便在我面前折成了两半，像一段被撕裂的历史再也无法复原。我走向前，看着他，无言以对，只配合着他的沉默始终也没说话。话说得多了，内心渐变得轻浮，有时我们需要这样一种寂然的时刻，让自己清醒并反省。祖父此时神情忧虑，拍着我的肩，说："看来有一天这些东西终究也会和自己一道消失。"这句话落在我的肩上，单薄的肩头刹那间变得沉重且深深战栗着，像入秋时节里挂在枝头的叶片摇摇欲坠，一种震撼盈满了心间。

大学的诗词课上，时常会背到曾经终日挂于齿中的诗句，自然又使自己想起幼时习墨之景。庭院花草，凉亭旧井，幽幽的水墨香气似一只只清凉凉的蝌蚪，无形地游进心坎。只是时光再也不至彼地，少年们都在哗然流水中长大。那素素淡淡的宣纸，落着横竖撇捺弯折点，销魂的墨香终究留在了昨日。

突然间又想起了祖父，那样一个仙风道骨般的男子，爱着他的羊毫纸砚朝朝暮暮，那水墨浅浅的，带着祖母一般的好，醉了清寂华裳。江南三月里，祖父过世了，一城竹兰，伴着篱落新雨，淡香入骨。可在临终前他还交代母亲，要把那只折断的毛笔装在桃木盒里，等待某天我求学归来时能够打开。

"永和九年,岁在癸丑,暮春之初,会于会稽山阴之兰亭……"自己再次念到时，泪水禁不住悄悄滴落。

## 茶中窥少年

说到少年模样，我不禁想到茶。

人们饮茶品酒时，常说斟茶要浅，斟酒要满。茶浅在于七分是茶水，三分在人情。而酒意多半在醉中，欲醉，需满杯，接二连三入，酒意敲开心门，也将胆养得壮，千言万语涌上来。

浅是一种状态，浅茶如此，涉世未深的少年也如此，留得余生的时间去经历世间万象、悲喜虚实。取一壶烧开的好水来，刚冲的第一泡茶不喝，倒掉，品第二泡、第三泡，去除浊物，茶色显清明，茶味显清怡，入口回甘，唇齿里满是清爽的甜味。这也是少年身上散发的味道。

再看泡于壶中或游到杯里的茶叶，在温热茶汤里舒展着身体，不再瑟缩，也少了一抹暗淡，渐渐丰盈，呈现出叶子最初的姿态，是少年的模样。上面复活的绿，是受尽阳光与雨水宠爱后的颜色，是少年生命的颜色。

茶叶的绿是少年般充满生机的色彩。甘霖落在细小枝丫，待日光倾城，洒满枝上，冒出的点点绿与这世界初相见。风起雨落，叶子摇摆，窸窸窣窣，一边颤动，一边长大。少年也跟世界见面不久，小小身体，短短头发，没有很潮的衣服，没被俗世惹得烦恼，天真、平凡，又可爱。他们满是朝气，奔跑在山川原野间，欢笑在明朗四季里，思想简单，对世事怀抱最美的期待与想象，活得犹如清澈小溪，向着远方汩汩流淌。

　　梦回唐宋，诗词深处，茶带来万千诗意。纤纤玉指，研茶沏水，汤中绿叶舒展，一举一动，恰若歌舞的仙子引人注目。耳畔似闻子厚声："芳丛翳湘竹，零露凝清华。复此雪山客，晨朝掇灵芽。蒸烟俯石濑，咫尺凌丹崖。"再一听，又有诗僧皎然道："素瓷雪色缥沫香，何似诸仙琼蕊浆。"杯盏之间，诗意弥漫，满室清香。少年也是诗的化身，在生命最初阶段，他们敏感、浪漫，与草木近，与天地通，所以才有《红楼梦》中宝玉给大观园中亭子题名"沁芳"一幕，少年的独特感受是世间珍贵的礼物。

　　许多茶都在叶尖初青时被采撷，来到火盆中，在熊熊烈火上寻找新的自我。经过煎炒烘焙，漫长的痛苦过去了，茶叶成为真正的茶，如新生凤凰涅槃而出，抵达精致茶具上，抵达众人唇间，也抵达自己生命的高地。摊开史书，有多少华章是由少年谱写？不计其数！为中华崛起而读书的周恩来，戍守边疆英勇牺牲的陈祥榕，跳水冠军全红婵皆是其中之一。少年如茶，年轻时便奉献着自己。他们披荆斩棘，乘风破浪，用豪气与担当，在时代尖端引吭高歌。这正如梁启超在《少年中国说》里说到的少年模样。

茶里藏着历史的味道，也藏着一个个平凡个体成长的滋味，他们少年时接触茶，青年时感受茶，老年时从茶中真正喝到了人生的况味。

父亲是个不爱说话的农民，友人不多。我在家时常见到他一个人在客厅喝茶。他很讲究，从不直接用热水泡茶，而是通过一件又一件的茶具滤洗，见茶汤成色已佳，再倒入白瓷小杯里，喝得极为细致。屋外种着一棵栀子树，盛夏时白花开得硕大，花香飘进来，跟父亲爱喝的武夷山岩茶香味混在一起，香气氤氲满屋。父亲曾想教我品茶，我年少无耐心，喝完全无感觉，还觉得苦。父亲说："好茶常能苦后回甘，每一口茶的滋味都需要慢慢体会，不要用喝白开水的方式对待它。"

无论过去多久，一个人面对茶汤时，我总会想起父亲在家喝茶的情景。他的背影虽然孤独，但有一种洒脱的意趣，仿佛坐于清风明月间听松涛拂动，淡泊、闲适，有着贫苦处境下谁也无法夺走的优雅，这一切深深影响着年少的我。不知不觉间，我也带着孤独去游历世界，在茫茫天地与溶溶月色间，这份孤独让我感到踏实、安全。

即将大学毕业的那年夏天，我在拉市海骑马、划船。清晨从云端降下的光束，午后突变诡异的阴云，傍晚的大风，呼呼作响，顿时昏天黑地，群鸟纷飞嘶鸣，各自离散，加深尘世中生命的不确定性。在我迷茫而惶恐时，远处马帮正牵着马匹从茶马古道上走下。近处农家屋舍外，有捆草归来的老人原本想进屋，看到我之后连忙招呼我过来，说着："要落大雨啦，进屋来喝口茶吧！"

我和他坐在茶室中，听他介绍高山上采来的毛尖、普洱。发黑的茶叶像是存放了多年，上面夹着一些青色白色的霉斑，老人忙解释："是雪冻出的痕迹。"他虽然年近六旬，皮肤发皱如缺水的草木，但眼睛依然清亮。那时我也还未到爱吃茶的年纪，自然对茶无感，但那天喝下那口茶的瞬间，我却感到身体里汹涌澎湃的大海平静了下来。茶原来可以安放我们的不安，滋养的不单单是躯体，还可以进入精神世界，带给我们力量。

三十岁的自己，正经历着青春的浮沉动荡，既见过清晨穿过林间的光束，也感受过暗夜的凄苦，渐渐喜欢喝茶了。我常喝武夷山的岩茶、福鼎的白茶，或入口即甘甜，或焦灼苦味之后回甘，便在味道中忆起形形色色的人、悲欢离合的事。呷一口茶，风也起了，云也来了，心却格外静，舌苔仿佛尝到了此刻的时间，身心变得通透起来，仿佛回到少年时期的轻盈与自在。

这是一个容易失去自我姿态的时代，在讲时效、快节奏、可量化的环境里，我们活得越来越粗糙，过得越来越草率，能想起的东西不多，更不用说想起年少时怀揣一颗初心的自己。

慢下来，品一杯茶，茶叶舒展，汤色正清明。我们从现实的汤池中浮出面颊，优雅地抬起头，看到天空不再寂寞，鸟群在飞，晚霞在飘，月亮正挂起，星星正闪烁。茶汤倒映着这片天空，也映出从前的少年。生命中很多重要的东西，就这样被我们捡拾回来了。

茶中窥少年

一杯一世界，一茶一人生。浅浅热汤中浮现的那抹青，是茶叶不曾遗忘的最初模样。

杯中窥茶，茶中窥少年，一浅一绿间，时间轻漾，往事渐渐沉淀。每一杯茶里有天地灵气，有水月镜花，也有一条通往年少的路。

# 在自己的宇宙里放声高歌

你是否想过，某一天当世界背离你的时候，依然有一个角落给你依靠，为你遮风挡雨，那是不是很幸福？

有窗，有床，有你的气味，这是你的房间，也是你的宇宙。你可以在这里尽情释放自己，安慰自己。房间成为你的听众、收纳箱或者一座秘密花园。可我们却常常在奔波中只将它作为睡眠的场所，不再赋予其更多美妙的意义。

一个房间其实也是人生的一部分，我们需要好好布置，让房间成为自己独立而美好的世界，而非无趣的牢笼。

我从小到大对房间的要求很简单，不需要太大，装得下理想就好。我的理想十分简单，就想整天坐在窗前的书桌边写自己喜欢的东西。房间素淡简单些，床对着窗，一早便能迎着日光起身，夜深时分也能枕着星月而眠；一排木质书架立在墙角，放上盆万年青，窗台上则搁置小型盆栽，如兰草或仙人球，桌上则留有一空瓶，专门用来插放不同季节折来的花束，春天是百合，夏天是栀子，秋天便置桂花，深冬则插蜡梅。虽说不想装扮得太过花哨，但墙上还是要贴些字画，怀素和尚的草书和莫奈的油画是我的最爱。

我曾在朋友 Perry 的住处留宿。那是一个在大城市中小如麻雀却五脏俱全的房间。厨房、卫生间、淋浴室、阳台、客厅、卧室全都挤在二十平方米的屋子里。隔着玻璃，开门便能一眼望穿。墙壁是粉色的，地板是木质的，窗台倒宽得很，能够用来堆书。桌子很矮，没放椅子，我们常常席地而坐。Perry 和他对象住在厦门这样一间月租房里已经大半年了，之前他们一直住在学校。我问 Perry：“房租这么贵，为什么不继续待在学校宿舍呢？”他看着他对象，笑了笑，说：“虽然贵，但我们俩可以在一起啊，这比什么都重要。”"那经济来源呢？"我问。"Y 当家教，也兼职做服务员。我嘛，就写写稿子，够应付了。"Perry 答道。那天睡觉，我想起电影《黄金时代》里萧红、萧军、端木蕻良共挤一张床的情景，知道一张床最多只能承载两个人的梦，我不忍心将 Perry 和 Y 分开，就打算睡地板。他俩给了我很厚的毛毯，夜里听着 Y 给 Perry 轻声朗读《小王子》，我竟悄悄睡着了，梦里仿佛躺在了一片玫瑰花田里。

在我所认识的男生当中，富哥也是布置房间的一把好手。他老家在贵州铜仁的山里，家境贫寒，幼年丧母，但他自立自强，总在跟自己的命运斗。没有考上理想大学，大学里追过三四个女生也全都泡汤，他时时想打个翻身仗，却都时运不济。我在考研期间跟他合租过一个房间，他是睡在我下铺的兄弟。他勤得很，还没入住就开始打扫，买来绿色墙纸贴到壁上，又购置可拼接的泡沫地板，棕色，整整齐齐铺着。他的床单是蓝色的，被褥是鹅黄色的，枕头上印着喜羊羊的卡通形象，窗台栽种植物，开白色小花，一股幽芳游荡在房间之中，这些行为丝毫不让人觉得出自一个外貌粗犷的男生之手。我也是好奇，偶尔便问富哥为什么喜欢把房间弄得跟朵花似的。他说生活够暗淡了，不想自己住的地方也跟着灰暗，它应该缤纷温暖些，有向上的生命。

房间确实要有生命，它连接着我们另一半的生活，常常宁静、真实而孤独。小时候父亲打了我，我便躲到祖父房间里。那时祖父已经离世，空留一间房，终日无人来。那房间很空荡，一张床挨着墙角，蚊帐还在，上面蚊子被拍打的血迹还在，点点变了黑，好像祖父生前脸上的老人斑。我一直面向那房里仅有的一扇木格子窗，从黄昏到入夜，窗外错落的屋檐好像巨鸟被凝固的翅膀密密挨着，动也动不了。屋子里的一切都愈发陈旧了。祖父生前死后都是那么孤独。幼时他常常对我说，快快长大，长大后你就快乐了，就不是一个人了。到了二十岁，感觉自己是长大了，但是快乐没有增加，孤独没有离开。

我从不厌恶孤独、排斥孤独，相反，我倒觉得孤独其实应是我们每个人的必修课。在一个属于自己的房间里，避开世间喧嚣，不再佩戴面具，也不对谁毕恭毕敬，漂亮话亦可舍去，面对的只是自己的那一颗心，爱听德彪西就听德彪西，爱看宫崎骏就看宫崎骏，谁也不会来说你，谁也不会来管你。仿佛这世界是你的，

在自己的宇宙里放声高歌

自己是自己，充满存在感，不再认为自己只是偌大城市中的尘埃。孤独也可以这样舒服。

　　世上许多被人鄙夷不屑、说三道四、危言耸听的事物，当你习惯了，也就不害怕了。韩梅梅曾在《一个自己的房间》中说："独处的快乐，有的人永远不懂。在不断逃避孤独的过程里，我们被圈子驯化，逐渐丧失自我，变成一个别人所期待的那个人，而不是自己。我终于明白并接受我的孤独，学会利用原本会带来寂寞的时间，来照顾自己。"在属于自己的房间内，你能安静地直面生活，面对自己，思考更多人生的真谛，变得勇敢，信任自己。这也是孤独带来的一种力量。

　　当然，独独面对着自己的房间也是不够的，我们不能将自己装在密闭的盒子里，我们需要开窗，看窗外萤火流年，樱花簇簇，风从四方吹来，凉丝丝地游到心上，跟陌生人打个招呼，和某人通个电话，飞机划出轨迹云，黄昏下的城市也不再冷漠，闪着天堂暖暖的光。经年风霜雨雪，都不足以惧怕。

　　刘瑞琦在《房间》中唱着："要用多少个晴天，交换多少张相片，还记得锁在抽屉里面的滴滴点点，小而温馨的空间，因为有你在身边，就不再感觉到害怕，大步走向前，一天一月一起一年，像不像永远，我们在同一个屋檐下，写着属于我们未来的诗篇，在这温暖的房间……"

　　每一个住过的房间都像我们的亲人、恋人、闺密，装着你的心事，藏着你的秘密，看你成长，一步一步，哭哭笑笑。

阳光溢进来，事物都在地板上落下深深的投影，时间恍若一瞬间被截断。

在自己的房间，守护自己的人生，天涯路远，全和自己没了关系。

一人住，一人食，一人放声高歌，再小的房间也是自己辽阔的宇宙。

## 钟声下的枕眠

深夜临睡前,我总会把窗子开出一条缝隙,好让晚风夹卷钟声迤逦而来。时光至此,适合点灯筑梦。

自己枕着钟声而眠,仿若置身空中楼阁之中,风来云去,星辉月明,亦如驶着莲船进了鱼虾梦中,安逸恬淡。

这是容易坠落手心的夜,世界淡漠如微薄空气,自己只依着钟声的路径梦里前行,身无所系。这样的感觉,我由衷喜欢。

隔着屋宇一两里便有山间古寺矗立。在料峭的春寒里,在内心无灯的荒野里,透过夜霜露华,我听到的钟声总是缥缈而又清晰,嵌在心口,似有一僧袍包裹而来,清静无为,覆于全身。这是种孤单中高远的享受。饱满而坚挺,不输于闲云野鹤里过活的寂寥隐士。

钟声散落风中,无边无际地散去,像极了没有归宿的云雨,卷舒之间,倾洒之后,何处是尽头?这是种苍凉,透着落花无意等闲人，奈何时光不解弄纤尘的模样。但好在钟声比云雨更贴于心，醒于脑，任何俗世之人莫不对其虔诚谛听，是佛对芸芸众生的警示与希冀。

其实太高远的意境于我而言，是疏离的。而钟声似禅的外衣在天宇之中飘着，那般空灵，却让自己觉得陌生。但细细想来，这钟声对我来说应是熟悉的，如同故友，只一日不见便如隔三秋。

落榜的张继在苏州寒山舟中的诗篇是最早入耳的。只听，他于万籁俱寂中吟道：

> 月落乌啼霜满天，
> 江枫渔火对愁眠。
> 姑苏城外寒山寺，
> 夜半钟声到客船。

好一首《枫桥夜泊》，孤寂雅致、酷似青瓷的质感，于凉夜触摸，定是露着闪光的冰冷。而那一夜的张继，谁都知晓他是彻底失眠了。仕途于他太薄，而寒山钟声于他，倒是种绝望中的寄托。孤单的人儿寄养在黑夜里，是因了白昼的日光糜烂与市井喧嚣，而在暗夜下，他们披无为脱俗的袍子。一袭昔时碾染过的华裳，羽化登仙时他们便不留了。

这寒山的钟,定是美的,而且美得不寒而栗。

每每从三百唐诗里取出这首来,便像沏了壶香茗,其味清淡不醇烈,却润了口,洗了肠,自然是怡然自得。感觉千百年前这不得志的男子也应是仙风道骨的容貌。而我,也像是回到了那时枫桥,夜半随船停泊在钟声里,活出了现实中难得的一把清寂。

杭州净慈寺的钟声也是够迷人的。

这钟声在费玉清所唱的《南屏晚钟》里,有了叶落一般的美,轻盈迤逦,似云雾迷蒙间,一对迷了路途的善男信女款款而来。而于森森林木间,他们竟走散了。

> 我匆匆地走入森林中
> 森林它一丛丛
> 我找不到他的行踪
> 只看到那树摇风
> 我找不到他的行踪
> 只听到那南屏钟
> …………

男子定是迷进了南屏晚钟里,出不来了,而女子便也无处可寻了。这也好,迷了就迷了,如入百花园中、白云深处,远离红尘羁绊,倒也落得潇洒自在,六根清净。何况是进了南屏钟声里呢？独自随风而起，回荡于天光云雾间，忘却世俗忘记恨，更应该是值得的事。

歌声是有些微凉，滴着晨露一般，但有哪一种钟声不是浸在水雾当中？晨钟暮鼓里应有悠远意境相生，却又在禅中洗濯，染着雨后兰花的氤氲香气。

其实，《南屏晚钟》是有古诗版的。由明人张岱所作：

> 夜气瀚南屏，轻岚薄如纸。
> 钟声出上方，夜渡空江水。

漫步林中小道，野芳发而幽香。慢慢拾级而上，念一句这诗，心口应似有淙淙泉水流来，或是有清风入骨又淡然而出，自然是甘甜清洌。这是极妙的人事，既赏了南屏之景，又养了自我脾性，美哉。

华夏之钟，远溯尧舜。至周代，是乐器类之用，为八音之首，属金类乐器，上有经文书法。除去用于雅乐之钟，还有些圆形、八峰波形钟，用以报时，其声正直和雅深沉，响至四季。因此，自古骚人墨客便多爱之，留下的诗词也众多，有"欲觉闻钟声，令人发深省""万籁此都寂，但余钟磬音""古木无人径，深山何处钟"云云。

但这些只是中国先贤们绘制于古典诗画里的尤物。而西洋的教堂钟声也是适合谛听的。

深秋时节或是冬雪天气，独自走到那些森森耸立的异国建筑之下，其感也很销骨。

暮晚时候传来的钟声，似高空飘落而来，又隐没于黄昏之中，空灵沉着，是可敬仰的静。呼啸的风中，偶有鸟群掠过，钟声之下，这些细小生灵也好似镀上一层静默。那般轻若烟云的薄羽，似乎你的指尖轻轻一抖动便会掉下些许，白雪一般簌簌落着。

史铁生曾在《消逝的钟声》里写道：

再次听见那样的钟声是在40年以后了。那年，我和妻子坐了八九个小时飞机，到了地球另一面，到了一座美丽的城市，一走进那座城市我就听见了他。在清洁的空气里，在透彻的阳光中和涌动的海浪上面，在安静的小街，在那座城市的所有地方，随时都听见他在自由地飘荡。

我和妻子在那钟声中慢慢地走，认真地听，我好像一下子回到了童年，整个世界都好像回到了童年。对于故乡，我忽然有了新的理解：人的故乡，并不止于一块特定的土地，而是一种辽阔无比的心情，不受空间和时间的限制；这心情一经唤起，是你已经回到了故乡。

这样的钟声超越了国界与宗教，它纯粹是一种记忆的凭证，有着故园泥土的香气，魂牵梦萦般地涌入胸口。身处闹市里的人儿，若有心，他定能在脱下俗气的热闹后循着这香气重回儿时，寻找到更多真实与质朴。钟声的美好，恰如其分。

我进入了北方的大学后，发现学校欧式风格的旧图书馆顶楼也有这般曼妙的西洋钟声。隔一小时就敲一遍，深夜到凌晨之间是不敲的。每次钟声一响起，我便会安静下来思索一番，像是临镜而坐，对着镜中反思自己一日所做之事是否妥善。

友人常在一旁笑我，说是习文之人皆有此般怪癖，不易琢磨。

我淡然一笑，也不说什么，只问他，是否喜钟？

他答道，习以为常。

我轻声言道，你我皆是世间微小的个体，这静穆之声能减轻我们于生存中的不确定性。

友人搔一下头，愣了半晌，笑了一声后也陷入深深的沉默里。

这是每个人于钟声下所应得的自省。

晚凉，菖蒲的香气搭着钟声，穿过隐隐村落，来到我的枕边，清清爽爽，又沁人脾胃。内心自然是笃定淡然，无常世事皆可忘却。

钟声下的枕眠

不再攀附于谁的影子,自己便是自己了。

钟鼓道志,钟磬清心。

月夜之下,枕着钟声而眠,应算作一桩美事。恬然睡梦中,你会看见,浩荡的俗世里,如尘的人儿亦可笑若僧侣。

## 萤火少年

炎夏,我坐在窗边读谷崎润一郎的小说《细雪》,感觉燥热烦闷的季节都在往后退,空气变得清凉而安静。

书中言辞极美,读一句,便像有清泉从纸上涌出,吻过唇部。尤其写到赏月、扑萤,都是美到窒息的场面。

童年时的夏天,总有萤火虫飞过。夜里,我们到池塘边或稻田里一找都是。它们像朋友一般在那等候,看见人来,便纷纷飞起,让人跑着,追着,跟着风呼啦啦长大。

七岁时,我跟姐姐们去河边捕萤,设备简单,用塑料袋套在铁丝压成的圆圈上,举着,在草丛里蹦蹦跳跳。萤火虫飞蹿出来,我们一抓一大把,然后放进袋子里,像提灯笼一样提回家。

我希望它们的光永远不会灭,永远亮着那一抹荧绿色,但事与愿违,它们的光渐次微弱,在我第二天醒来时彻底暗了。萤火虫死了。

那是我第一次真正感受到生命竟如此脆弱，不堪一击。而后自己也不抓萤火虫了，只是找个角落看着它们每晚飞来飞去的情景。

再往后，村庄逐渐被城市吞并，大楼来了，汽车来了，越来越多的人占据了这里，萤火虫变得越来越少。终于，在我十五岁的那年夏天，它们一只也没有出现。

我知道世界变了。童年时的光亮永远留在了昨天。

在台湾读书时，我专门前往埔里草湳湿地赏萤，像是去重温一遍童年夏夜的记忆。

从桃米村售票处排队上车，小小的面包车在盘山路上行驶，路上无灯，只见窗外月明星稀，山下灯火如豆，明明灭灭。在颠簸中，顿时有种飘忽不定、前路迷离的感觉。人生如山，起起伏伏。

雨水刚下过，草叶上还滚动着雨珠子，落到皮肤上，凉爽，清冽。导游带我们站在护栏外，看着里面的草地上，萤火虫像落地的星辰，一闪一闪，尾部发出的绿光微弱而珍贵。

我避开众人，只身往山间更深的地方走去，坐在岩石上，坐在铺着月光、燃起萤火的林中，荒野无灯，亦无人声，只听得清泉涌动、虫儿振翅飞翔的声响，像久违的故乡来到身旁，轻轻唤我。

萤火虫多起来了，环绕着我，在头顶，在脚边，它们像LED灯被人按着开关，忽明忽暗。因为这些发光的虫儿在飞，黑暗于我而言，顿时亲近了。独自一人暗夜行路，也不再因路途陌生而感到害怕。

返程途中，车窗外是静谧的夜景。夜包围了我们，赏萤虽已过去，但那微弱的光亮却持续在脑海闪烁，仿佛年轻时谁都没有抛弃的信念，反复提醒当下的自己，继续发光，继续生活。

想起迟子建在《万年萤火》末尾说的话："最后，我还是朝着有人语和灯火的地方返回了。那种亘古长存的萤火在一瞬间照亮了我的青春。"

生命最初的光亮，或许并没有消失，只是我们被迫远离了，就甚少见到了，但它们永存内心的瓶中，时时闪烁。

看了宫崎骏的《再见，萤火虫》，长大后很少流泪的我却为此哭过。

印象很深的一幕是在漆黑废弃的山洞里，清太为了让妹妹开心，将捉来的萤火虫放进蚊帐，萤火虫飞舞着，在夏天闷热的夜里忽明忽暗，如即刻将熄的小小炷焰。清太抱住熟睡中的节子，抱得紧紧的，不舍松开，生怕一松手就会失去她。

我很欣赏导演高畑勋展现的人文关怀，他对战争的思考深深地融在片子里。战争让亲情疏远，物质的贫乏更使人们彼此冷漠。萤火虫在片中成为脆弱希望的隐喻。

这些虫儿生命极其微弱、短暂。雨季到来后，它们就像花朵一样容易在雨中逝去。会有一段漫长的时光，我们很难再见到这种珍贵的光源。我想我会想念它，从过往的时光到未来的夏天，像想念生命里一个个发光的站点与自己。

它们身上亮着的不仅仅是希望，是生命，也是怀念。当我们有天厌倦了都市的车水马龙、漂泊的生活，它们就是一盏盏提醒我们返乡，并沿途照亮我们的灯盏。

## 温故，待春风

年关一过，便是春了。

我也赶着时间的马匹从记忆的山川迅疾驰过，带着旧岁里那些细枝末节上的雪一路往前。雪是一点点地化，又一点点地酿出桃花的红、梨花的白、柳叶的青、迎春的黄，像一个个故人醒来了，在路上与我照面。

年末，放假在家，我做得最多的事并非跟着母亲大扫除、贴春联或是杀鸡宰鹅，而是一个人在房间里整理旧物。

将它们一件一件翻出，擦拭，看上几眼，再有序放回。在这个过程中，我感觉自己是个与时间对话的人，那些往事深处生长的花朵也都一一在我面前盛开，饱含昨日的光亮与芬芳。

看得最多的无非是从前的相册，卡纸制的硬壳，素淡背景，绘着牡丹芍药图样，里面集着大大小小黑白或彩色的照片不下百张。多是趁着新年伊始，全家人赶到照相馆拍的，每个人都露出一张满是希望的笑脸。每次翻起,就像故人从时光翩跹中而来,坐我对面。凝望间,目光成了一杯清茶,向时间那头递去。

有一张照片,是八岁模样的自己跟着阿姐及其一帮闺密去拍的。

那时,十二三岁的女孩,拿着积攒不下数月的零花钱,去店里挑衣打扮,束发抹粉,一脸娇羞而欢愉,青涩而单纯。朱红丝绣花边的古式嫁衣是常被挑的,女孩们披着红盖头,袖子微微滑落,盼郎归盼郎来的眼神,是够迷人的。我因年纪尚小,身段单薄,店内没有适合的服装,我等待许久,拍照的想法便作罢了。阿姐和众姐妹倒是兴致勃勃,一边交钱一边还不忘问着:"一日后可否来取?"那语气里藏着她们少女时期天真的理想。照相师傅是个中年人,许因多在室内的缘由,少经风吹日晒,师傅肤白而体态微胖,面色和气回道:"需两日。"送客时,他也不忘声声道着:"新年好。"

那时照相馆的名字取得相当素淡平实,叫一些"新华""光明""良记"来着,不像现在的"今生有约""巴黎春天""罗马假日"等店名满街挂之。而照相馆的照相设备也比较简易,冲洗照片自然要费些时候,不像如今,照相之事如此轻易简单,人们往往私下拿着高档手机自拍后,就自顾自地对着屏幕欣赏,满意的便留,不满意的就删。再无从前的等待与激动,缓慢与快乐。心情总是随着岁月和物质而微变,最后到巨变。我们在科技进步的日子里,都不怎么真心实意地笑了。

也从众多五颜六色的衣服堆里找见幼时穿的衣裳,想起过去,若不是过年,母亲是不会为我买新衣的,我平日所穿的几乎都是由哥哥那里改小所得的衣物。所以过年是我特别盼望的时刻,又想着自己要换套新衣了,就分外开心。未进千禧年之前,每逢新春穿的大都是由母亲买来料子请店里阿姨裁制的服装,鲜红嫩绿的尼龙布料,有流苏的质感,笨拙的花边款式单一,但穿在身上倒也妥帖自在。

记得母亲还会买来许多樟脑丸子置于剩下的衣料里面。母亲那时见我年小,千叮万嘱,这货防潮防虫咬,切忌食用。那香气自是诱人,飘飘然,有风过处粉荷微荡起的清甜,萦绕鼻尖,闻过几遍也不觉得腻烦。我将其从衣柜里抽出几颗,捧在手心,上了瘾般把玩。日光下,芬芳是晶莹透彻的,在空气里混着细小尘埃,漂浮着,这静谧的时光也跟着缓缓动着。

千禧年之后,世道全换了新颜。无论是平日还是节庆,男男女女,老老少少,皆在纷繁的物质社会里感受日新月异。轻松便利的电商平台不断激发人们的消费欲望。所有人对于穿着,不再有那么多"节目限定"的仪式感,一天换一套服饰,款式日渐花哨,色彩上化绿成片。那穿衣的感觉由欢欢喜喜到平平常常,自然没有当初那副岁末迎新时的欢欣模样。

谁有心记得曾经怎样穿着新衣满街疯跑,遇到一些还未身着新装的小孩眼睛眨巴眨巴地看着自己时的情景?那股冲向春天的得意劲儿,如今还有人再说起吗?只是放在衣柜里的樟脑丸子还

温故,待春风

如昔时那般飘香,但香味下的心情却不一样了。

至今还一样的,是母亲备好盆、碗、菜刀、砧板唤我过来搭手宰鸭的场景。从我记事起,她就年年除夕前都会从外婆那儿提回一只鸭子。那鸭子被外婆养得肥肥大大,装在网线袋里,嘎嘎叫。它羽毛如雪般洁白,橘色的嘴巴又长又扁,与我对望时,我发现它像是对这世界什么都不懂的孩子那样无知、傻气。幼时,我真想把它当宠物养起来。

我第一回帮着母亲宰鸭,毫无经验,闹了笑话。除夕一早,母亲将我叫到身旁,让我抓住鸭子的翅膀。她亮出刚磨好的刀子,准备去抹鸭脖。恐惧突然之间席卷了十岁的我,我闭着眼睛,手颤颤巍巍的,没抓牢,被母亲抹到一半脖子的鸭子疯狂挣脱着,跳起来,拼命叫着,嘎嘎嘎,这声音不再像之前那样好听,显得无比悲怆。它的血满屋子飞溅,像死亡在作画。我退到墙角,呆呆看着,耳边任由母亲骂着什么,自己已全然不知,面对这个世界的鲜血淋漓,那么手足无措,又无可躲藏。

母亲每次一将这旧事拎出,我自己也会笑起来,是笑自己的胆小吗,还是笑专属于孩子的单纯和善良?我也不知道了。

这一两年,母亲常说外婆年事已高,以后我们家估计要到大街上买鸭了。"那些鸭都是饲养场里'速成'的,没几日就长得肥了,说实话,我都不好意思拿它们献给祖先呐。"母亲略显抱怨的腔调,背后的无奈也是这个时候多数人都在遭遇的。年味淡去，或许也有这些缘故。

在一年的尽头去温习旧物、旧事，岁月的纷繁肌理又在重新梳理后得到顺畅的重现。虽然人事成风，旧时亭榭已迁，但在怀念里芳草如初，我们用影子又重回昔日路口，与尘埃擦肩，与人事重逢。这是时间沉淀下的暖意，亦是绚烂春熙。

温故光阴中最美的刹那，我们的目光仍在期待未来的光亮。等凛冬过去，雪融草青，花红柳绿，一切所遇皆可期。

我们珍重，待春风。

## 第四辑

## 我想用这一生照亮你

## 不忘青梅少年时

这么多年过去了,我发现自己还是一个贪恋黄昏的人。

经常会睡上一场很长时间的午觉,到了傍晚时候,还未睁开的眼帘外总有一束光在守候,金灿灿的。看不见的时间仿佛也被镀上了这一层金。记忆很容易在这样的光里醒来,成为一个讲故事的人,靠着我,我一遍遍聆听他所说的一切。

想起高中时候,黄昏的光照进教室,总会把靠路边窗户的同学照得熠熠生辉,我爱看他们乌黑的发丝浸在那片光里的情景,仿佛灿烂的青春也带着一种苍凉,那是很奇诡的感受。凝视那一根根带着乌金色的头发,整个人似乎也融到暮色当中,没有了肉身,只存在这光里,是光的一部分。

从那夕阳金光中抬头的是 L,他问我:"你每天发呆要花掉多少时间?"我说:"没算过。"他把手上的腕表伸到我面前,说:"我帮你算吧,在我们说话前,你已经盯着外面看了足足二十分钟。

每天夕阳晚霞不是都差不多吗？这二十分钟，都够我跑下去打会儿球了。"这时我没看他，只把目光转到窗外，说："你如果有认真看，会发现每一天并不一样，云霞有不同的形状，光线移动的速度也不同……"L盯着外面看了几眼，许是没看出跟昨天有何不同，回头愣愣地看着我，很快地说："你最好把数学作业写完，不然晚自习老师来讲解，你又要挨批了。"说完，他又低头去做卷子了。

L其实是个很有趣的人，心思简单，很耿直，也很慷慨。家里卖高级茶酒，常常邀请班上同学去他家玩。他给大家泡茶，给大家拿糕点，也把他最爱喝的梅子酒端出来与众人分享。他自己不多喝，每次品几口就浅尝辄止。"过了十八岁好像真的变成大人了，家里人也允许我喝酒，但酒精度数高的白酒、青红酒，我不喝。梅子酒是自己酿的，没什么酒精，外面买不到，你们不用担心，就当是喝梅子汁。"他每次都会讲到这些。有时他也会跟我说起他钟爱梅子酒的原因。

小学时，父母去外地打拼，把他寄养在外公家。青梅长成的时节，外公会带他去山间采果酿酒。立夏之后，葱茏繁茂的梅树上就有悄悄压弯枝条的青梅，它们宛如青翠欲滴的珠玉悬挂在枝头，又仿佛一群躲在密叶间与风嬉闹的孩童，生怕被人撞见而丢了快乐。

L的外公很早就教会L，青梅酸甜，但刚摘的偏苦涩，带一层细白绒毛，要放一段时间，用盐水浸泡后再食用。而久酿的梅子酒涩味会变轻，果香更浓。"切记不要让酒味盖过青梅味，不然就没有那股珍贵的果香了。"这是外公常说起的，他一直记得。闻到青梅酒的味道，仿佛那个已经久远的童年像浮岛一般漂回了大陆。L 讲起这些时，又啜饮梅子酒一小口。

我记得那时已是日暮，L 家的茶室里有光影探入，地板上浮动着金光，还有松竹的倒影。L 跟我聊完天，转头又跟别的同学说起话。大家的声音像被游到了光里，被投影到白墙上，晃动着，晃动着。那瞬间的光华宛如果实，总会结进我梦中的虬枝，多少年了，它们都在暗夜浮沉中给予我正遗失的年少芳华。

告别学生时代后，我没有改变的一个习惯，依然是在黄昏里看着金光闪闪的世界。在北京住了一段较长的时间，从金秋十月到寒冬腊月，我都跑到小湖看水。十二月冷风凛冽，湖上悄悄结了一层冰，这下湖面也由往日仿佛被浣洗着的绸布变成了一面镜子，世上有了两个完整的夕阳，如同天地有双温柔的眼睛，我把头歪到一侧，仿佛在与这双红色的眼睛对望。

兴奋至极时，我也会用手撑着岸边的石堤，把脚落在冰面上轻轻跳跃，一下又一下，听到冰面发出很细微的裂开的声音，咯吱咯吱。路过的人不解地看着一个早已成年的我，问着："你干吗这么开心啊？"我微笑着回答道："不知道，反正就是很开心。要来玩吗？"对方听到，摆了摆手，走开了。晚风吹着，鸽子飞着，有猫有狗窝在角落里，我跟它们都不寂寞，黄昏里的光都在陪着我们。

离职后,我像个四处流浪的人,去过很多城市,觉得自己可以属于那里,却又因为后来的种种不适而融入不了,转去他处,南来北往,跟只候鸟无异。有一天在一家高级大饭店门前久久站立,看夕阳的光把大门两边的石狮子照得生动起来。那些由巨大石料雕刻出的狮子,本来是青石暗淡的色泽,但经过光的重塑,骨骼有了力量,身体有了温度,毛发也闪动着金光。它们仿佛有了生命,醒来了,神采奕奕地注视着这个世界。

我看得入神,迟迟没走开。门童在不远处打量着衣着朴素的我,又向我走近些,在确认什么。那种视线让我害怕,仿佛他是在看一个进城务工人员。但黄昏的光在那里,我舍不得挪动脚步。他走过来,大声地问我:"要进来吃饭吗?"我不知这是不是他的好意,只礼貌地回:"谢谢啊,我是来看这石狮子的。黄昏的光照在它身上,是不是比什么都好看。"他偷笑,这下不再问我。可能在他眼中,我不是一个打工人了,而是一个疯子。

任何事物在时间面前都不值一提,那么脆弱而易逝。我们都会老,而光却不会。太阳将光传到地球,因地球的公转与自转而产生光的变化,由浅转深,由浓转淡,明天它还会来,依然重复昨天色彩和光温的变化,但如果放在一个稳定的环境里,光也是稳定的,比如我们开一盏灯,灯光恒定照在眼前。它没有疾病,没有皱纹,它不会老。

所以疲惫归家的时候,我会先来到书桌前,把台灯的亮度调到柔和的金黄色。在这束光里,我可以回到过去的很多时刻。

在刮风的天台，夕照布满世界，楼房都是梦中发光的城堡，穿城而过的河流、水边的树木、路上的行人都有了油画的质感。那个瞬间，自己什么事也不用做，也无事可想，整个人就像一个空的容器，又或者像是进入一个无人注意的壳中，却有着自己的宇宙。

在海边的下午，远处的轮船像童年时的玩具漂在水面，静止不动，海面粼粼的波光在眼中闪烁着，是谁把银子碾碎后铺了这一层？是时间本身吧，悄悄地，轻轻地，做了这些事。等到暮色时分，我看见这些银光又变成了金光，海便成了一条无法见其项背的巨大鲤鱼，摇摆着，摇摆着。风一阵阵吹着我越来越柔软的身体，我是这水波，也是一株海草了。

多年之后，我依然记得 L 让我陪他去摘青梅的夏天。黄昏，山间起了风，风跟余晖打在身上，清清凉凉。一颗颗青梅在树上看着我，也像是年幼的我在看着这个新鲜的人间，没有害怕，也不紧张，而是满怀好奇。我觉得自己与它们是同类。L 摘了一袋子果实，又把我带到一座古桥上，跟我说："外公有糖尿病，我舅也有，我妈前段时间不舒服到医院检查，发现也得了，应该是家族遗传，家里人不让我喝酒了。夏天过去以后，我要去国外了。这一袋青梅是给你的，按我以前教你的方法做，不喝也没事，闻一闻，人就会开心的……"清风吹拂中，我们嗅着暮色果香，面颊红了起来，仿佛是酒醉的人。眼前少年的目光是一条如此纯粹的溪流，在温柔地流向世界的每个角落。

像 L 这样的朋友，身上自带着光芒，由内而外透出明亮来，温暖而不刺眼。暮色远去的时候，他们的灵魂就是光线。这些灵魂没有疾病，没有皱纹，不会老。

我在这些朋友身旁取暖，也借着他们的光往前走。但我始终清楚，自己不会一直依赖他们，他们能陪我走的只是一段路。人生长路多数时候都要靠自己去走，不然怎么能被岁月凿刻出独特的模样？

独自前行中，每一天的日子都在给予我生命的光源，在这些光里，我一次次前往未知的远方，不再感到害怕，内心也无多少悲戚。

我虔诚珍惜着每一缕光来到人间的时刻，也珍惜着每一个如光少年在我生命中走过的时光。他们照亮我，也照亮着我人生中诸多蜿蜒曲折、无端悲喜的瞬间，让一切无常成为风景。

当我拿起那年夏天用来装青梅酒的瓶子时，老旧而空空的瓶身突然在黄昏里变得闪亮，仿佛有汩汩美酒注入其中。我凑近轻轻闻着，瓶中竟也散发出浓浓果香。此时抬头一看，天空的大火正熊熊燃烧着，火光在天地间闪烁，在我眼中永不熄灭。

## 少年心底睡着一颗星

高三时,总觉得日子过得像牲口被关在铁栏窗里,是容易失去希望的。

身旁的同学仿佛入夏时在玻璃上撞累的蛾子,沉默地整理着自己残损的羽翼。抬头是高考倒计时,低头是《5年高考3年模拟》,还有《英语周报》。每个人都面色苍白得如同一张搁在时间深处的旧照,脸上落满叹息与尘埃。

而我这时竟然还在为学校的话剧社供稿,写脑洞很大的剧本,比如莎士比亚穿越到现代跟一个练体育的女生谈恋爱,比如男生一觉醒来发现这个世界又回到母系社会,比如一个人盗取另一个人的记忆取代对方生活,再比如一个没有性别界定的人可以一会儿变成女人,一会儿变成男人去破各种案子。

晚晚常喝着奶茶或是果汁,俯在雨天的走廊上对我说:"最好别让你爸妈看到这些剧本。"我说:"放心,我保密工作做得很好的，只会让他们觉得我在认真复习。"晚晚把饮料笑喷出来，回道："我是担心你爸妈看到你写这么烂的东西会反胃，哈哈……"我生气地夺走了她手中的饮品，却不小心打翻了，橙黄色的液体从透明的瓶口洒落而出，真像大雨落下。我们俩站在盛夏充满奶茶味的走廊上，不知笑了多久。

　　跟晚晚认识是在我高二的时候，当时我刚到话剧社。社里要排一场有关上海滩歌女的戏，就像《情深深雨濛濛》里演的一样，晚晚打要扮成依萍那样子在台上唱《小冤家》，但她巡视了一圈舞台后，发觉有哪儿不对。"这排场哪算什么百乐门啊，简直就是乡下卖艺的！我们演戏要演真一点，才对得起观众！"当时已经当上副社长的晚晚一本正经地说道。

　　"社里女的就这几个，你说我们要到哪里找嘛？！"另外一个副社长气呼呼地拍了下桌子，想转身走掉，一只手被社长拉住。"要不就挑几个男的上去吧，反正今天只是彩排，过几天再招些女生进来。"社长抬了抬眼镜，目光随即扑到了前排的两个男生，"你，你，都过来。"我前面瞬间成了被拔光树的平地，晚晚的目光瞬间锁住我，"还有你！"我到社里的目的本来只是为了写剧本，没想到这下却成了晚晚的伴舞。

　　"小冤家，你干吗，像个傻瓜，我问话，为什么，你不回答，你说过，爱着我，是真是假……"在这首活泼俏皮的上海滩舞曲中，晚晚开心地边唱歌边甩着裙摆，而我四肢僵硬摆动着，还真像个傻瓜。

少年心底睡着一颗星

此后我常被拉去话剧社改剧本或做群演，因为社里不像校乐团、舞蹈社那样人多，很快我就跟晚晚熟悉起来，看她排演，听她对角色的想法。她其实是个很简单的女生，就想一心一意做自己喜欢的事情，不管别人怎样看她，她都不在乎。那时她还留着长发，怕学校督导看到，就盘起来，偶尔会在我们面前把自己的头发垂下来，长发如黑色瀑布那般倾泻下来。

有一天大雨中，我们坐在排练厅阶前，我问她："为什么不去艺考，以后做个职业演员？"晚晚笑了笑，说："没别的想法，就想把它当个爱好，以后也没什么压力，这不好吗？"我顿觉自己之前的问题太无知，这下也不知道要怎么回复她，索性不说话，只看着屋檐上的雨滴掉落下来，像在她黑色长发上滑滑梯。

高三的某一天，晚晚突然出现在我教室外，扶着走廊的栏杆朝着学校体育馆的方向看。等我放学后，她先是问："你们老师拖堂15分钟了，对你们真是负责。"我苦笑着："习以为常，喜欢的话，送你一沓。"晚晚摆出拒绝的手势，之后她跟我说："知道吗？社里要排一场大戏啦，就在体育馆办，作为学校社团夏日会演的一部分，开心吗？"我竟然不敢相信像话剧社这样几个人瞎打瞎闹的小社团，有天也可以到容纳八百人的场馆里演出，我瞬间喜出望外。

我想象着有天我能坐在礼堂前方观看由自己编剧的作品，台上主持人会大声念出我的名字，而我也在演出结束隆重地走上舞台，镁光灯会在一瞬间将我照亮，我微微俯身，接受并感谢所有人的喝彩。这将是我青春中最期待也最难忘记的时刻。

但很快，我的梦就醒了。上学期期末考结束后，班主任将我妈叫到学校，苦口婆心地说："还有半年就高考了，你家孩子还在参加社团活动，这件事你们知道吗？他成绩属中上，可以冲好大学，现在是关键时期，希望家长能配合我们，否则就晚了。"末尾的"晚了"不知道为什么听着像"完了"，我咬紧嘴唇，又无力松开，我清楚接下来我将要面对的道路，只是一切都未完成，我不甘心。

可自己又能怎么办，在老师眼里，在父母眼里，在高考面前，所有的事都不值一提，所有的路都禁止通行。他们不会知道那时的我多么渴望能被一束光照亮，我想变成一颗星，被人看到，或许会被人认为是虚荣，但我不在乎，在暗淡的日子、漫长的雨季，这是我的一个出口。

可惜，无法再继续了。母亲气冲冲地回来，没收了我藏在抽屉里的那些剧本，我像个从天梯上摔下的人，再也没有向上的力气了。当晚，我一个人蒙在被子里哭，有多难过，多伤心，只有自己明白，晚晚不会知道。

晚晚只会记得两天后我跑去找她的情形，以及跟她说的最后一句话。当我将凭记忆重新写好的汇演剧本交给她时，她察觉到了我脸上复杂的神情，问我怎么了，我说自己以后都不能来了。晚晚当时正在教室里收拾课本，准备去排练厅，突然间她停下来，书包里没放好的物理课本滑落出来。"啪！"落地的声响像个巴掌，不知道打在了谁的脸上。我不忍心看她难过的样子，就转身离开了。身后的晚晚不知道在那里站了多久，天空很亮，我的星星掉入了深海。

话剧社大戏上演那天，我故意迟到，怕听到主持人报幕时念我的名字，一个选择逃离的人不该拥有名字。我躲在人群最后面，看着眼前的一切，曾经那么渴望的光束将舞台照亮，晚晚和新老社员们在台上全神贯注表演着。她今天会穿着三套衣服，扮演三个时空的女人，向世界喊出自己的声音。

舞台上的少女，此刻已将自己融入角色当中，她声音饱满、高亢，深情念出一句句独白，半个小时的演出里她没有一丝懈怠，直到谢幕。她深深鞠躬，长发如黑色河流往下流淌，那么柔顺、飘逸的长发，顿时引来底下人群的注视，她一瞬间抬起头，脸上绽放出青春里最光亮的笑容。

我在最后排使劲鼓掌，晚晚突然说了一句话，是我原先的剧本里没有提及的。她举目四望了一会儿，或许是在找我吧，我心想。但她很快就把目光从人海中收回，说："谨以此戏献给所有曾经在热爱的世界面前逃跑的人……"顿了顿，又说："和此刻即将逃跑的人。"我听到，想起曾经的憧憬如今已成泡影，我的星星没能升上高空，让人望见它的闪耀，它依旧在深海中，那么暗淡。层层伤感一瞬间浮上心头，我随即离开了体育馆。这也成了高中毕业前我和晚晚见的最后一面。

站在晴朗里

风很快吹过了那年的夏天，吹过了所有的断壁残垣，光阴自此遁迹于遗忘之中。最后的少年还是迈着各自的脚步离开了十七岁、十八岁、十九岁。怀着懊悔和羞愧，我无法正视自己的高中三年，也会在和从前的同学聊天时刻意避开一些人跟话题。但记忆中那个发光的少女还是再次走进了我的视线。

大一那年的寒假，在高中附近的公交站，我跟晚晚偶然相遇。兴许是剪了短发的缘故，她整个人看上去消瘦了一些，我们彼此寒暄了几句，耳边突然变得好安静，是她先打破沉默，提议去附近的奶茶店坐坐。一路上我们聊了很多高中毕业后的生活，零零碎碎的片段像三棱镜折射出五颜六色的光源，在这些光里，似乎我们都过得很快乐。

天空阴沉，半路上冬日的雨丝就飘下来，异常冰凉。我们停在一个商店门口，看着路上人影渐空，雨幕的另一边仿佛坐着高中时的我和晚晚。而此刻的我们真的跟昨天不一样了。

我开着玩笑，问晚晚："到了大学女生都使劲留长发了，你倒奇怪，剪得这么短，刚刚差点没认出来。"晚晚突然笑起来，答道："短吗？其实已经比之前长了一些。"我有点蒙了。晚晚的笑声依旧爽朗，跟我说："好羡慕你，考了一个还不错的大学，应该挺开心的吧？"

我转头认真看着眼前的女孩，很想告诉她，我现在其实并不开心，高中时待在话剧社的那些日子才最让我开心，而她在那年

少年心底睡着一颗星

盛夏的舞台上绽放的那个微笑是让我最羡慕的。我始终没有忘记在青春谢幕前，那些曾把她照亮的光，那么美丽，那么闪耀。雨声喧哗，我们的聊天断断续续，我终究没能将这些对她说出口。

也是后来才知道，高三夏天的演出是晚晚最后一次表演。她的母亲整理房间时无意间看到了那些剧本，严厉训斥了晚晚一顿，说她不务正业，浪费光阴，无论如何都要她放弃演话剧。最后是晚晚坚持了下来，告诉母亲只要演完这次自己就会认真备考，并立下"军令状"。她母亲虽气急败坏，但随后也让了一步，答应了。

"那是我最后一次上台。我跟我妈说，演出结束后我会剪掉长发，不再表演，好好专心学习，让她放心。"重逢那天，在与她聊天的过程中，我才知道了很多事情。

"我其实有去看那次会演，所以谢幕时你说的'即将逃跑的人'，是你自己吗？"我问。

"嗯。"晚晚轻声应着，点点头，一脸云淡风轻的样子，仿佛那个夏天已经过去了很久。

阶前大雨如旧，几乎要淹没整座城市。我们仍困在雨中，说说笑笑，就跟当年坐在排练厅外面的屋檐下听着雨声一样。眼前有几个少年从学校里跑出，步子轻快，在湿冷的雨水中泛着热气与微光。

愿他们永远年轻，没有悲伤。

# 你的晴朗落在冰上

  大学时我的性格依然内向，整个人像座孤岛飘浮在校园里。

  或许是因为从小受到母亲的影响，她喜静，不爱任何喧嚣的事物，我也跟着如此。原先住在六人寝室，由于室友们都爱闹腾，寝室里总是充满他们打游戏的声音、跑调的歌声、对女生的讨论、时不时从嘴里冲出的脏话以及睡觉时磨牙、打鼾、说梦话的声音。忍受了两年后，我离开了那个房间。

  搬离前，我问自己：能去哪里呢？家里经济拮据，我无法在校外租房，就跑去宿管中心想求得一处新的容身之所。宿管阿姨一般不会很快答应学生的换宿申请，经我软磨硬泡不断央求，她才盖了章，我就这样换到了一间两人寝室。

  新的室友是即将毕业的大四学生，学的是思政专业，他知道我爱看书，所以很少打扰我，照面时我们总是和气微笑。他的一大爱好是登山，常有学校登山社的人来找他聊天。我最常见到的是一个叫晴耀的男生,他与室友同年级,学的是人类学。他染着棕色的头发,跟室友聊天时总是笑声爽朗,他们会讲起马恩,提起乔治·瓦林、克里米斯基,说起爬山或是进行田野调查的经历。聊到自己喜欢的内容时,晴耀深邃的眼里总闪出明亮的光,似乎在他的世界里,晴朗是唯一的天气。

我有很多书,或是省吃俭用买的,或是从学校图书馆借的,桌子上不够放置时,我就将它们移到床边,好像筑起了一堵城墙。这堵墙也像是我与现实世界的分界线。墙外任他人热闹,墙内有我自己的一片宇宙。

有一天,他来找室友,两个人相谈甚欢。我正趴在床上看书,不经意间一伸脚,突然听到下方传来声响,原来是我不小心把一本书踢到床下,落到了他身边,幸好没有砸到人。

"对……对不起……"我探出一张做错事红着的脸,语气里满是歉意也满是紧张。没想到他举着书,眼睛亮得像通过天文望远镜发现了一颗新星,兴奋地朝我问道:"你也看胡赛尼的这本《追风筝的人》吗?"我不知所措,愣了半会儿,只点了下头。他又兀自说起:"我高三时卷子做烦了,就拿这本书出来看,结果被班主任骂了三天……对了,我想再温习一遍这部小说,可以借我吗?"听他这一问,我瞬间又成了一个只会点头的哑巴。我跟晴耀就这样认识了。

十二月一场大雪落下,室友外出实习还没回来,整个寝室里就只有我。不知道那天是怎么回事，我头晕目眩，书没看进去几页，就躺在床上休息了。在落日时分，窗外有金色的光照进来，我看着墙壁上的金光，在睡意驱使下闭上眼睛。后来晴耀来我宿舍还书，他喊了我几声，见我没反应，就急忙到我床边看情况，一不留神就把那堵书墙推倒了。

他手一贴我额头，立马喊我醒来。"天啊，这么烫！你们宿舍暖气片温度肯定都没你高，快快快，起来去校医院！"他喊了半天，见我还是迷糊的样子，就直接背我出去了。

那天我好像做了一场很漫长的梦，梦里坐着宇宙飞船正不断靠近太阳。太阳发出极其耀眼又炽热的光，似乎要将我融化。而飞船不曾停下，载着我不断向它靠近。

我醒来后，发现自己正在医院里输液。晴耀在一旁，对我说："你肯定不知道自己发烧了吧。光读书可不行，身体也要跟上来，不然真成书呆子了。以后我带你锻炼吧！"随后，他又补充道："不过最近大雪封山了，也没法带你爬山。你喜欢滑冰吗？"我轻轻说了声："不会。"话音刚落，他立马就说道："没事，我带你！"

接下来的日子里，晴耀真的开始带我锻炼。我们一起去学校滑冰场，我当他徒弟，跟他学滑冰。站在滑冰场的边缘，冰面在灯光下泛着冷光，像是一片未知的领域，这一切让我心生怯意。晴耀轻轻拍了拍我的肩膀，笑着说："别害怕，迈出第一步就好。"说着，他要上前拉我踏上冰面。冰场的风裹着碎雪撞进领口，我死死抓住栏杆。

"看,很简单的,真的别怕!"他倒滑起来,在我跟前转了好几圈,冰刀在冰面划出一条条流畅的弧线,雕刻着寒冬这个季节的面容。"松手!"他忽然又前来拽住我僵直的手腕,继续说了一声,"我带你!""会摔!"我喉咙里挤出的颤音仿佛被风声嚼碎。他这下不管了,只大笑着将我往前推。

感觉冰刀突然变成活物,任由它带着我朝白茫茫的冰面滑去,双脚不听使唤地颤抖着。晴耀引导着我:"不要看脚底的冰刀滑行,放松身体,看前方。"我深吸一口气,努力按照他说的去做,慢慢地,我发现自己能够在冰面上滑动一小段距离了。

"你会了!再自信点,用自己的身体跟随心里的那阵风走吧!"北方零下二十多摄氏度的空气里,他说话时冒出的气丝汇成一阵白烟,飘散在天地间,"就像这样……"

我看他猛蹬冰面,整个人像离弦的箭射向落日。他一边滑一边张开双臂,羽绒服鼓成帆,自由地穿梭在冰场中。冰刀仿佛切开了时间的镜面,伴随夕阳的余晖闪出一条条金边。他是太阳的孩子,周身发出璀璨的光。那一道青春的身影在我脑海中定格,一瞬即是永恒。

在晴耀的指导下,在一次次的摔倒与爬起中,我逐渐掌握了滑冰的技巧,也渐渐打开了自己封闭的内心。在暮色即将消失前,我终于能与他并肩滑行。风掀起我们的围巾，我们像乘风而行的人。晴耀在我身侧，一边指着前方，一边朝我微笑："我就说你可以的！看，前方还有一点点余晖，我们追不追？"我点头。两个人旋即快速往前滑冲，仿佛成了小说里追风筝的人。

每当我有了一点进步，晴耀都会毫不吝啬地夸奖我。他似乎永远充满昂扬向上的力量，劲儿使也使不完似的。他从不诋毁人，也从不表现出任何消极的情绪，是我眼里寒冬中那永不落山的暖阳。当然，有时候我也会对这样一个无比乐观的男孩好奇。

有一天，晴耀带我来冰面更辽阔的湖边滑冰。我们如往常一样从日光熠熠的下午滑到暮色降临。停下来时，我忍不住问他："你为什么总是对人这么温暖？""那可能……是你一直沉浸在书海里吧，没上岸好好看看人类，像我这样的人还是不少的。"他回答着。"或许如你所说，但你在茫茫人海中真的很特别。"我又望向他那盈满笑意又无比深邃的眼睛。晴耀的笑容微微一滞，片刻后，他轻声说："太阳也有流泪的时候，只是我们不知道。"

不远处，有大人正牵着孩子小心翼翼地从冰面走回岸上。晴耀的目光望向了更远的地方，陷入了回忆。

"我人生中最痛苦的时光，是父亲的离世。那时候我才十岁，我和母亲感觉陷入了一片黑暗当中，仿佛整个世界都崩塌了……"他的声音有些低沉，"但我知道，我不能一直沉浸在悲伤里，我要振作起来，成为母亲的光，带着这个家走向一个新的黎明。"

你的晴朗落在冰上

从那以后,晴耀说他比以往更努力地学习,凭借着优异的成绩拿到了学校和社会提供的很多奖学金。他也更加热爱生活,生命中最期待的事情就是每天看到这个世界新的变化,这些变化让他感到无比激动与喜悦。

说完,我看见他睫毛上凝着冰珠,像星星碎片坠在眼角。夕阳带走了他棕色发梢的最后一抹光亮,但他的脸却依然在我眼前如此璀璨,他是光做成的少年。

我跟晴耀就这样滑过了一个冬天。日子仿佛也跟随我们在冰面上滑行,过得飞快。

开春后,冰在一天天融化,冰场无法再供人滑冰。新学期开始了,晴耀来我宿舍的次数逐渐变少,室友说那小子太招人喜欢,面试了几家单位都通过了,都想要他提前过去上班。后来有一天,晴耀又来到我们宿舍,聊起天,一如往常那样谈笑风生。最后走的时候,他轻轻跟我说了声:"走了哦。"

那语气就好像只是平常一声简单的再见,似乎明天他还会过来串门。那是 2010 年之前,通信设备并不发达的年代。我以为我们只是短暂一别,就没留下联系方式,却没想到,自己此后再也没能碰见他了。

多年之后,一个安静的傍晚,我无意间翻起那本《追风筝的人》。当翻到最后一页时,一行字映入眼帘,是小说里的句子:"为你，千千万万遍。"字迹不是我的，应该是晴耀的。

那一刻，暮色笼罩着大地。

我想起过往黄昏里的种种时光，一个男孩用他温暖又温柔的力量，教会我如何冲破内心的围城，去面对生活，拥抱世界。在那遥远却永恒的北方，在时间铺成的冰面上，我们追着暮色前行。风在耳边呼啸，我也成了一阵风，紧紧跟随着另一阵风，在这辽阔的天地间自由飘荡。

## 想给你写封长长的信

秋天的时候，参加完哥哥的婚礼后，我又回到了岛上。

飞机抵达的一刻，自己像从热闹的世界中抽身而出，又需要鼓足勇气面对孤独了。

这些年我南北求学，一个人过着日子，布衣蔬食，清数梅雨，也呆望梅枝上的雪，生活布满灰色的安静。它们逐渐被时间砌成一堵又一堵墙，围在我的前后左右。面对它们，我不想说话，即便说，也说不出什么，更甭提笑了。如果不是遇到你，我似乎都已经快忘记这个表情了。

你像是从我年少梦中走出的人，那么干净、清秀，面颊上总挂着似乎永远不会消失的笑容。我依然记得那天，在重庆夏天到来后的一场雨中，我从一楼电梯出来，看到你站在门边，穿着格子衬衫、黑色短裤，脚上是一双白鞋，用手整理着湿漉漉的头发，每一滴从发梢滑落的雨水都发出亮光。身形偏瘦的你，脊背的线条在淋湿的衬衣下清晰浮现。我好奇地问你，雨落得这么大，为什么不带伞？你只答一句，习惯了。两个人都笑起来。

后来的我，在雨天，也不打伞了。跟你在满城风雨中跑着，我们尝遍了那个夏天山城所有的雨吧，知道了市里的雨偏酸，山间的雨带甜，清晨的雨有些冷，午后的雨充满滚烫沥青被浇透的味道，异常焦灼。你总爱穿蓝黑相间的短袖，自己逗趣说，每次穿它出门，天都要下雨。那你就一直穿着它吧，我们就会像一辈子都住在雨中的人了。雨水再大，冲刷下来，该淋湿的就湿透吧，想着身旁有你，都不怕了。

回学校几天了，这里好像终年都住在夏天里，每日的气温都在23℃~27℃。以至于我从山城的夏天离开后来这里，日子仿佛从未发生变化似的。这样的感觉很奇妙，像你一直就在身边，从未离开一样。

每天傍晚，我会去学校沙滩上看夕阳。我赶在日落前来到西子湾，穿过拥挤的人潮，爬过堤坝，我跑到了路尽头的灯塔下。再往前一步，你知道是哪儿吗？就是台湾海峡了。从那里看去，大海格外空旷，又如同墨色的丝绸那般柔软，在风的手中晃动着。我像是船，又像是海鸥，在这水天当中朝着海峡西岸奔去，有你的大陆是我分外思念的世界。

夕照穿过云霞，洒在粼粼的海上，红黄蓝交织在一起，仿佛青春最绚烂的梦境。无论沿着哪个方向望去，下一秒，似乎都能浮现你的身影。我一瞬间笑了起来。

想给你写封长长的信

海风刮来，带着咸湿的气息，这些味道里藏着鱼和贝类的一生，我不知道有多少海洋的灵魂就这样穿过我们的身体。日头终于落下，坠入海中。风起得更大了，岸上年轻人的花衬衫都在飘舞。气温下降，有些冷了，想到在这样的时刻，如果你在身旁，我们也会矫情地拥抱，像冬天的动物一样取暖。

重庆很少有好天气，印象中总有太多阴沉的雨雾天，一入冬，比南方的许多省份都要冷。在寒冷的夜中，我喜欢看书，这个习惯从上小学后一直保持到现在，像喜欢你一样，戒不掉。

这段时间，我又翻起张爱玲的《倾城之恋》，这也是你极其钟爱的小说。在故事的后半段，身穿绿雨衣的白流苏撑伞来到香港。范柳原来接她，说："最难风雨故人来。"顺道又说起白流苏的雨衣，像一只瓶，又注了一句："药瓶。"女人以为是男人的嘲讽，不知范柳原又附在她耳边说了一句："你是医我的药。"

没遇到你之前，我读这样的段落常常发怵，后来才发觉在爱面前，这些看似矫情的言辞都算说得轻了，爱之深沉，爱之无边，是真的无法用言语捕获的。

R，你也是医我的药。来岛上读书的这三个月，我真觉得这句话并非一个男人哄女人时的甜言蜜语，它是我跟你分别后的心声。好几个夜晚，我绕着中山的操场跑了七八圈后，停下来，俯身，双手撑着膝盖，气喘吁吁，晕眩当中真希望看到你从夜色当中走来，带着星光步履轻缓而笃定地走向我。我会擦干所有的汗水，

站在晴朗里

调整呼吸，迎向你。

因为哥哥结婚，我请假回了大陆。瞒着家人，第一站就飞往你在的重庆。这时的山城已至深秋，马路两旁的行道树在飒飒冷风中摇摆，落下金黄色的叶子，铺得满地都是。夜里，你陪我走到入住的酒店。

那时的深夜似乎成了白夜，我被一缕光芒照亮。你陪我走了很长很长的路，细心捡起我嘴边漏下的话语，并藏进自己心里，全然不知我是在没心没肺地随口胡诌。你安静地听，没有丝毫的倦意，眼眶里落满当夜的星光。

想到这些片段，说心里不矫情，那都是假的，我天生感性，哭是常事，你已见怪不怪。时光层层叠叠将我围住，记忆中的路线、你的笑容、风里衬衣扬起的边角，都是这冷夜中从天飘落的棉絮，洁白素净，盖在我身上。此刻的我早已睡在了阳光里，你说我会感到冷吗，别担心了。

一路上我想着曾跟你沿江行时说的话，偷偷把它记在心里："许多年以后，我们都老了，在一个安静的小镇生活。白天我打理民宿，看书写字，你出门买菜，回来烹煮，夜里约两三个好友临水喝茶，晚风习习，吹拂我们的衣襟，如玉的月色铺满江面，也铺满我们的故事。春风沉醉，蝉声如雨，四季在我们的生命中平缓流逝。"

是啊，我只想跟你过这一生，哪怕光阴都虚度了，只要跟你，我就是个拥有整个茫茫宇宙的人，生命就有永恒的光亮，一切都有意义。

后来，山城又落了些雨。回旅馆时脱下被秋雨打湿的卫衣，竟照见银杏叶两片三片飘到地板上，不免想到《红楼梦》中一日宝玉从外头讨回一枝红梅，之后在芦雪庵联句，黛玉执笔，对宝哥哥说："你念我写。"宝玉诗情泉涌，末了吟的一句为："槎枒谁惜诗肩瘦，衣上犹沾佛院苔。"而我的青春，沾到的都是你。

想给你写信了，从清晨到日暮，要说的话太多太多了，一张、两张、三张，再多的信纸仿佛也写不完。

到超市买零食的时候，想给你寄一盒巧克力，不知道你现在是不是依然不太爱吃甜食？坐地铁的时候，跑上来一群高中生，就想问问你最近复习得怎样，累吗？吃得好吗？有时碰到周围的人问我是否有对象，我好想大声喊出你的名字，允许吗？可以吗？也不知道你此刻是否还身陷父母的情感危机中，无论如何，可不要因为大人的事情而跟这个世界过不去哦。从数以万计的问题中提取出与你有关的片段，我要一点一点拼凑出你，虽然我手脚很笨，要花很多功夫，甚至被你嫌弃，但我愿意。

学校就在海边，起风的时候，海涛阵阵，如我不曾停息的告白。我就想给你写这样一封长长的信，觉得写完了，往风里一寄，就会送到你的身旁。虽然这一路要跨过千山万水，但大地知道我的心意。

我们都是孤独的少年,坐在往事的院落看花。隔着时光厚实却又斑驳的城墙,你瘦薄的身影一直被我的记忆保护着。无论时间过去多久,我想你都应该是老样子,像被保存在密闭效果很好的旧匣子里,一打开,见你莞尔一笑,我便重回过去。少年的我们始终灿烂,如星辰烁烁,如繁花盛开。

信的最后,想用近日读到的南朝诗人江淹的两行诗作别。

"明月白露,光阴往来。与子之别,思心徘徊。"

R,我真的想你了,在微雨的夏夜,在霜雪厚厚的冬日,在余生的每个时刻。

## 做你的歌颂者

这些日子，梦境是被清晨窗外的环卫工人扫光的。扫帚摩擦着地面，拖出一阵干裂略刺耳的声响，我的梦像落叶一样被驱赶进簸箕里。

我才知道这个世界一直都处在变化当中，曾经以为会永远处在夏天的岛屿，终于也在十二月中旬迎来了低温的天气，时间不曾做出任何挽留，该落下的都在纷纷落着。

R，我想起有一年天冷的时候，你拉着我去海边的游乐园。大风凛冽，游乐园里依旧人满为患。娱乐项目有很多，你却只想坐摩天轮，我们一边排着长长的队，一边看远处一群玩滑板的少年，他们像风一样穿过人潮，面颊上有不羁的神情和仿佛永远都有的光芒，是那么耀眼。

摩天轮舱内的地板是透明的，能清楚看见底下的世界，那片太过熟悉的陆地距离我们越来越远。你兴奋极了，在来到顶点的一刻，你喊起来，是因为触摸到天空了吗？还是因为恐惧，你以这样的激动做掩饰？我喜欢去拥抱这时的你，你便安静下来，盯着我的眼睛看，脸上笑着。你看到了什么？想告诉你，我望见的是你瞳中的银河，那么清澈而本真的存在。

那一刻，世界无比寂静，远处有海浪声传来，夹杂着鸥鸟的啼鸣，声声在耳。

耳边还时常响起的是那年雨天 KTV 里的歌曲。我事先跟你约定好时间，你却迟迟没出现。我从欧美流行歌唱到了周杰伦的中国风，之后是梁静茹的失恋歌单，最后连你从前最爱的少年组合的歌都唱了一遍又一遍，才发现一个人在 KTV 唱歌可以这样漫长，时间在这里好像不值一提。后来，嗓子冒烟了，唱不下去了，我就躺在沙发上睡着了。

你推门进来时，我熟睡的丑态估计被你一览无余。你走到我跟前，蹲下来，轻轻抱住我，在我的耳边留下一个吻触。那个吻就像一封道歉信寄往我心底，收到的那刻，我醒来了，起身，当作没事人一样，说："来了啊，唱歌，唱歌！"你略显错愕，随后也对我笑起来。你知道，这就是我，在这个世界上独一无二的我，也用无与伦比的方式爱着你。

来岛上有些日子了，总想着此刻的山城是否已经步入深冬，你衣服有没有穿厚一些，开水有没有常喝，晚上的被窝暖不暖和，还在为物理和数学成绩发愁吗？坐上台北美丽华摩天轮的时候，

做你的歌颂者

脑子里竟然冒出的都是这些问题，而窗外的好风景，因你不在，似乎也没多少心情看。

你一定不知道在我们离别之后，你像是活在平行时空里，我在远方也能感受到你的存在。穿着白鞋在校园里奔跑的你，闻到火锅味道兴奋不已的你，戴着耳机认真做英语听力的你，跟弟弟在江边公园打闹的你，因父母情感问题而蜷缩在角落里的你……我似乎时时刻刻都能看到你，很奇妙吧，可惜每当我想伸手触碰你的面庞时，你就化成了星星点点，在我的面前飘散，消失了。

回去的时候，已经是深夜，台北街头仍然霓虹闪烁，有很多骑摩托车的人掠过我身旁，带着生活给予的艰辛与疲惫归家。地铁站前面的广场上，只有零星的几个少年在玩滑板，一旁的长椅上坐着打电话的女人，我望向她的时候，她正在掩面而泣，对着电话哭诉着。在这个复杂多变的世界里，有太多人事我们无力安慰。我刷卡，走进地铁，或许是末班车，乘客很多。我站着，一路上反复在听克里斯·艾伦（Kris Allen）的 *Better With You*、加勒特·纳什（Gnash）和奥莉维亚·奥布赖恩（Olivia O'Brien）一起唱的 *I Hate U I Love U*，都是以前你在网上传给我的歌曲。有时只戴着一只耳机，想象另一只在你那里，你正靠着我，与我同行。脑海中突然想到一句话，不禁笑起来，不是老歌变动听了，而是我们有了故事。

在高雄，午后我沿着西子湾慢慢走，冬天的海滨浴场没有什么人影，几个全身湿透的青年正拖着帆船上岸。身后的寿山葱郁苍翠，眼前的海峡蔚蓝辽阔，沙鸥自由穿梭在这山海间，留下一声接一声的长鸣，自然在以它最真实的面容展现在我面前。而时间在这一刻，似乎停止了，变作一种看得见的东西，是礁石，是贝类，是灯塔，是细沙，都像是具象的时间，清晰摆放在我跟前。

想给你发段语音，录下涛声，录下鸥鸣，也录下一个人想念你的心跳声。我掏出手机，对着这世界，站了很久很久。你如果听见了，可以闭上双眼，这些声音会拼凑出岛屿的模样，你会看见一个在沙滩上写字的男孩，他想托冲刷上岸的海浪给恋人寄一封情书，哗——，浪冲过来了，哗——，信被收走了。沙滩恢复了它往日的样子，上面没留下一个字。男孩好想轻轻问他的恋人，你收到信了吗？

最近读了一些讲述民国文人趣事的书，提到沈从文也很会给自己喜欢的女孩子写情书。他当时追自己的学生张兆和，每天都给对方写信。张兆和不胜其扰，去找当时的校长胡适投诉。胡适对此早有耳闻，说道："我知道沈从义顽固地爱你！"张兆和立马回答："我顽固地不爱他！"但最后呢，两个人终成一世夫妻。

我也在想，如果你不嫌我打扰，我也每日给你写信，有时可能是首诗，有时许是篇短文，让你足够明白我的心意。也想过我们有天牵手走过人海山川的场景，不再畏惧这个世界的目光，大声地唱歌，开心地笑，如海子的诗句所写那样："你来人间一趟，你要看看太阳，和你的心上人，一起走在街上。"

**做你的歌颂者**

一定可以实现的，我始终相信，你也要相信，知道吗？

你经常问我为什么喜欢旅行，我说我很享受那种在路上的感觉，自己像是云，又像是风，身无所系。末尾我问你是否愿意跟我一起上路，你傻笑一下，点点头。

在没遇到你之前，我总是一个人旅行，像孤独的浪子。出发，在路上，一个人品尝被全世界抛弃的孤寂，也彻彻底底被一种清醒包裹。植物的清香、明亮的长窗、滴雨的屋檐、灯火阑珊但不孤寂的街道、寡言但爱笑的路人，陌生的地域织起生命某一程的长卷，安顿那些疼痛、虚无、捕风捉影的往日。所有不愿回想的遭际都变得微不足道，顷刻间化作尘埃，落下便不再起身。

现在呢，喜欢你就像旅行一样，在你那里，我可以忘却忧愁，抛下烦恼，不断确认脚下的路途，也清楚自己生来的意义，为了找寻理想，也为了找寻爱。我老爱看你对我微笑的那个瞬间，感觉这庸扰不堪的世界消失了，或者是你成为世界唯一的存在了，连我都是透明的。通向你的路，是我向往的远方，也是我的归途。

每周六的傍晚，是寄宿在学校的你归家的时候，我想象着你快速背上书包冲出校门、挤上公交车、跑回家、拿起手机看我发来信息的情景，我爱听你絮絮叨叨这一周学校生活的经历。到了周日下午，你便要返校，很多时候，我舍不得，傻傻的，又说不出一句话。你一边收拾着物品，一边跟我说："能再唱唱那首英文歌吗？"

站在晴朗里

*500 Miles* 是电影《醉乡民谣》里的歌曲，有一回我在 KTV 听朋友唱起，偷偷学会后，就唱给你听。你好像很喜欢，此后时常便让我唱，特别是在每次分别的时候。

If you miss the train I'm on,
You will know that I am gone,
You can hear the whistle blow a hundred miles,
A hundred miles, a hundred miles⋯

当口中哼出这段熟悉的旋律时，真开心你不在我面前，否则你又该瞧见我流泪时难看的样子了。真想做你的歌颂者啊，不管多少个春夏、多少个晨昏过去了，还能一直在你身旁唱着。

闭上眼，再睁开眼，你都在认真听着，我有时也会故意停下，望向你眼中的星河。

你轻轻笑起来的时候，可真好看，北风与雪都从这儿走了很远很远。

做你的歌颂者

## 春风吹啊吹，花鸽子舞啊舞

早起时，看见窗沿上卧着一只蛾子，我轻轻触碰它，也没见着它蠕动，我知道它死了。

R，我突然想和你聊聊死亡，是不是很奇怪，在我们这么年轻的时候竟然聊一个这么沉重、严肃的话题。

我经常跟你说起我的故乡，一个在福州沿海的小村庄，十六岁之前的记忆全像毛线一样缠绕在那里。村庄每天都发生着死亡事件，小到地上一只蚂蚁被踩死，大到一个人因为疾病、衰老或是意外而离开这个世界。

有一条流经村庄的河流，雨量少的时候便进入枯水期。沿河走着，会闻到一股刺鼻的气味，腥中带酸，像市场上一堆坏掉的鱼肉果蔬被堆放在河里。那时，幼年的我还没见过死亡，却先闻到了它的味道。

我该怎样描述这些过程而不让你感到害怕呢？

先说一个陌生人的身体吧。在夏季的村庄，人们纷纷跳入河中，想逃离被炙热笼罩的一切。我不喜欢在这个季节出门，并非怕晒，我喜欢这世间的每一缕阳光，纯澈，明亮。我是不愿死亡像一张张脸贴过来，覆盖我局部的生活。

每年夏季的某一天，如同昨日戏剧重演似的，我总会听到有人溺水的消息，多半是不识水域情况的外乡人。在龙潭边上，我见过一个被打捞上来的溺水者，非常年轻的身体，像根冻僵的冰棍，顷刻间成为众多目光关注的对象。他如冰一般慢慢融化，头发变得更黑，颧骨显得更高。你见过从冰箱冷冻层里拿出的食物吧，便是这样一种安静的死亡，这个男人结束了他与这世界所有复杂的关系。

再说说我离世的祖父吧，他的死也显得异常安静，像老去的鸽子睡在自己的窝中，我们无法再将他喊醒。我没看到他最后的样子，只知道那天快黄昏的时候，身旁的大人都从各地回来了，奔到楼上，不管是真心实意，还是虚情假意，反正都在哭。我没哭，或许是跟祖父并不熟，我没和他住在一起。记忆中只记得他带我去过两次海边，他不怎么跟人说话，闷闷的，心中仿佛装了一片海。我被螃蟹夹住了手指，喊他，眼泪都下来了，他最后是否来帮我，我都记不清了。

此外，我对他似乎并无多余的记忆。那天他彻底睡去了，我

*春风吹啊吹，花鸽子舞啊舞*

在楼下自顾自玩着，骑着儿童三轮车，转了几圈，看到附近的屋顶上停着一只家鸽，它的身体黑灰两色交织，高昂的脖颈上是翡翠绿的毛，它咕咕咕叫着，声音异常响亮。我跑过去，它飞起来，我追着它跑了很长时间，忘记了祖父去世这件事，天慢慢黑了。

后来死亡的模样在我眼前越来越清晰。亲眼瞧见村子里屠户杀猪的场景，凄厉的猪叫声唤来了微亮的天色，也看见一只鸭在母亲手里从挣扎到咽气的全过程……你有过这样的时刻吗？像个傻子，面对这个世界的鲜血淋漓，那么手足无措，又无可躲藏。

你说如果死神长得是跟花鸽子一样，人们是不是也会开心地死掉，起码小孩子会这样想。以往人们对死神的印象都太刻板了：穿着黑色的衣服，披着黑色的斗篷，手中持着一把锋利闪光的镰刀，来到人身旁时，镰刀伸来，脖子一侧就莫名冷飕飕。老师怕大家上课睡着，就是这么吓我们的。你听到这些，一定会笑出声吧，毕竟你比同龄人成熟，幼稚的把戏总能被你一下识破。如果可以给死神写信，我要建议他去换一套新的制服。他如果戴着面具，我真想将它揭下来的一刻，看见的是你的脸，这样，我愿意去死。

我知道死一直在靠近我们，如海德格尔先生说的那样，朝向死亡而存在。你会怎样表达这样的感受呢？像不像一个人一出生就从悬崖跳下？"这样看，人天生就是一出悲剧。"你一定会这样说。可我想说，遇见你以后，悲剧在我的世界里早已变成了喜剧，你呢，是不是也这样想？

站在晴朗里

以前对死无所谓，觉得都是命中注定之事。而现在呢，我真的不想死，支撑的动力全来自你，跟你在一起，对我很重要。死神也是需要为此让步的。

我知道，从小到大，你也经历过面对死亡的时刻。印象很深的一次，是你聊起当义工的哥哥带你去看他一个得了绝症的朋友的事情。你从来没有见过那么空的眼神，"明明是活着的人，却好像看不到这个世界，而我似乎瞧见了从他眼睛里飘出的一种东西，他好绝望啊"。你一回来，就在电话里跟我说，我那时没有告诉你，其实你应该是看见死神了，那或许只是死亡到来前的一种感觉，却让人如此不寒而栗。

直到现在，我依旧喜欢看马路上的红绿灯明明暗暗，喜欢看人们匆匆而过的身影，喜欢看一杯开水冷掉后不再冒烟，喜欢看天上的云来来去去，喜欢看大雨过后地上的水洼逐渐变小、消失，世间万物都在它们应循的秩序里往来。你看一棵草长，一朵花开，一粒果熟，都在展示生命的诸多形态，死也是自然安排我们去完成的一环，之后呢，为灰烬，为空气，为风，为雨，我们也都成为这天地间动人的诗章。

记得史铁生先生曾说："一个人，出生了，这就不再是一个可以辩论的问题，而只是上帝交给他的一个事实；上帝在交给我们这件事的时候，已经顺便保证了它的结果，所以死是一件不必急于求成的事，死是一个必然会降临的节日。"

*春风吹啊吹，花鸽子舞啊舞*

如果我们足够健康、没有意外地走向这个节日,我应该比你先到达,没办法,谁让我比你多走了十年的红尘路呢?每次跟你讨论这个问题的时候,你总不许我算这一道和年龄有关的数学题。"说不定我还走在你前头呢!"你有点生气地看了我一眼,然后假装不理我,空气里飘满的都是爱吧。

傻瓜,我绝对不允许你走在前面,只能是我在前方给你带路。命运若是足够善良,就安排我们一起抵达,但这样,真是亏待你了。

好好活着吧,无论以后你在什么地方,让我成为一阵和风,微微吹向你;让我变为一场小雪,悄悄下到你那里;天热时,那就让我化作一场大雨,困住你。最后,再变成一道金边,要最闪耀的那种,镶在你抬头就能望到的每个地方。

R,我想用这一生照亮你啊,看着你往前走。沿途的春风吹啊吹,花鸽子都在快乐地跳舞。

我们一点点勇敢,一点点成长,脸上带着笑,身上带着光。

在桥上眺望满天星,在花间凝视一滴露,活在与你并肩的这一刻。

# 放下你

R：

一年的炎夏又到了，空气热烈起来，像是高考结束后从教学楼里蜂拥而出的人彼此擦身产生着热气。这些年轻的身影奔跑着，欢笑着，仿佛都拥有即将到来的璀璨的明天。

而你，也结束了人生中很重要的阶段，开始了新的旅程。我就提笔，跟你说点话。

四年过去了，我们没再怎么联系，过路的风少了很多，应该是怕我打听你的下落吧。

夏天到来时，我先去了江浙水乡，一个又一个的地名，在地图中，在史书里，在诗词间，穿过时空，留到现在，让人产生迷离的幻觉，似乎走在这烟雨巷中的青石路上，就能返古找寻到自己曾经是个王侯将相或布衣白丁的证据。

江南的繁华与美丽，自古如此。"烟柳画桥，风帘翠幕，参差十万人家。云树绕堤沙，怒涛卷霜雪，天堑无涯……"柳永的《望海潮》只是从诗化的钱塘江水中取出的一瓢，就叫人传诵至今。难怪白居易能纵情吟出"能不忆江南"之句，江南的好，好在小桥、清波、轻舟、烟岚、亭榭、华灯、长街……步履轻挪间，眼观四方，皆是诗画。

记得电视剧《梦华录》热播那会儿，你说过将来要去剧里的地方走走，我回你："好好考试，我以后就带你去。"我很少对人客套，或许也对一些人没心没肺地说过话，但对你，始终是在认真地应答，提起的话总想努力去实现，不管自己处境如何。你一直很清楚我是这样的人吧。

多少年过去了，刘亦菲褪去少女时期的青涩，身上也依然带着一股与凡尘女孩有别的气质。她站在桂树之下，走在桥廊之间，撑着舟子游于莲叶当中，一颦一笑一回眸。起了清风，帛纱轻扬，她演着赵盼儿的角色，莫如说是在做她自己。那一日顾千帆在别人跟前叫着盼儿一声"拙荆"，即妻子之意，盼儿回家路上喜笑颜开，遇到卖花的商贩，听了一句"买了这朵石榴花，嫁给有情郎"，她就开心地买了一朵，迈着小碎步仰头微笑而归。那花好看，那奔赴爱情的模样更是好看。

说起来，我也给你送过花。在小城的雨天里兜兜转转找到了一家花店，老板娘问我："给谁？"我没有丝毫犹豫，说："对象。"你那天拿到花，很开心，一直数起叶子，告诉我："这是单子叶,那是双子叶……"看样子,是在掩饰自己的羞涩,毕竟是人生中收到的第一束花啊。花配着你那年轻的脸,真像一幅画,永远珍藏在我内心的画室里了,谁也偷不走。而那次,也是我这一生中第一次给一个人买花。

故事里,有情人终成眷属。故事外,你已不在。

后来,我想去看雪山了。以前你答应我,会跟我去,现在,我不等你了。

在稻城,参观了康巴藏区一位唐卡画师的作品,带我们前来的拉姆问在场的人:"这些色彩明丽的画作,大家觉得画一张需要多久时间?"一帮人猜着一个月、半个月、一周,还有人大声答道:"三天!"拉姆这时领着众人走到一幅长约一米、宽约七十厘米的画作跟前,说:"比如这幅,画师就用了两年时间。"在场的人顿时惊呼。"为什么要花这么长的时间?"拉姆解释着,"因为要用心。每次作画都很慢,画师要念经祈福,每条线、每种颜色都有这些加持,创作周期就短不下来。"

你曾经跟我说,你什么都不缺。可我还总要送你文具,其中包括各种风格的笔记本。封面或是漫画的,或是实景的。内页或是横条的,或是空白的。而在味道上,那么多本当中只有一本是带着樱花奶味的,你还记得吗?那个本子里面没写一个字,却是我准备了最久才给你的。

有一天，我发现自己从文艺小铺里买回来的手工皂味道很好闻，像在春天樱花绽放的午后嘴边留下的奶渍被阳光吻得干干净净。如此美好的感觉，我也希望你感受到。于是我一回家，就把那块香皂切得细碎，捣成粉末，最后再将粉末从每一页纸的顶上洒下来。白色的瀑布就这样经过了一张又一张的纸。因为我天生是笨拙的人，过程就进行得格外慢。你打开的时候，是不是看见了一些纸张上还粘着细碎的白色颗粒？一定不要嫌弃。

本子上没有写一个字，却藏满了我的话。每一次香皂末儿流过一张纸，在味道中，我都跟你说了话。我在两百多张纸里跟你说了很长很长的话，包括跟你在一起的每个瞬间，包括我们的梦想、吃过的美食、对宇宙的探索，以及我在时间的海上对你永远没有尽头的喜欢。你闻过一遍，就是我对你说过一次了。你一打开，空气就知道我的秘密了。

藏区由于海拔高，许多地方都在3500~4500米，即便是在盛夏，我也冷得穿上了带帽的羽绒服，把自己裹得严严实实的，任那草甸寒风吹，任那高山冷雨落。路上碰到的朋友羽绒服没带帽，怕冻着脑袋，就想跟我换衣服穿，说我原本带来的帽子可以御寒，把带帽的羽绒服换给她穿。我拒绝了，原因很简单：她不是我喜欢的人。

我只想跟我的心上人换衣服穿，不管心上人的衣服是紧身的还是宽松的，我都愿意穿。这样衣服就是你，我好像把你穿在身上了，你离我这么近。

我偷偷买过一件跟你的款式相像的短袖，粗的横条，大码。在我们分开后的日子里，你已经成为我的一种瘾，戒掉你是真的不容易。每当想念你的时候，我就拿出那件衣服看一眼。有时候在路上，看到很多人在穿那款衣服，男男女女都有，我看着他们的背影，希望他们别转过身来，可以让我再多看几眼。

我就借着他们的衣服想你，想着你还在我身边的日子，想着你还是那个说要跟我永远在一起的人。你每次说起永远，都有信誓旦旦的口吻，都有坚定不移的神情，眼里的光璀璨得仿佛是由宇宙中最亮的那颗星发出的。你不知道，在那些时刻里，我真想用一台世上最高级的照相机把你拍下来。

心里越是希望这些与你相似的背影别转过来，别转过来，而这千千万万的人越是转过身来了。我很清楚，他们之中没有一张脸像你。你是离我越来越远的一颗星，回到了宇宙中本来的位置。我也非常清楚，我们之间距离的光年已经没有计数的必要。

失去太阳以后，生活中明亮的事物不多了。

在我们分开后，我开始寻找一缕缕微光以继续前行。我一个人远离人群，靠近森林、河流、星空，在这个世界上能让我心动的事物，除了爱，除了你，就是它们了。

在鱼子西，野营的家长带着孩子在空旷的草地上安营扎寨，也有一群年轻人在那里兴高采烈地欢跳。我戴着耳机躺下来，犹如一棵草站久了也想躺下来，我用我的身体感受着大地。什么时候睡着，什么时候没有现实中的意识，自己并不记得了，只是醒来后摸到眼角一片潮湿。我哭过。

跟你在一起时，我从未流眼泪，是我的眼睛习惯了你的光亮，而你一旦离开，这世上似乎再也没有哪种光亮能够代替你了。夜晚洒满道路的月光不行，树梢间渗下的日光不行。我的生命渐渐失去本真的色彩。面对这世上那么多光怪陆离的事物，我总是习惯不了，所以总是在流泪，但这真的跟矫情没有丝毫关系。

进藏区的路不好走，我第一次去，出于安全考虑，报了旅行团。跟游行团会合的凌晨，梨花街上空荡荡的，空气里是潮湿的水汽，只有路灯亮着，我坐着网约车前往旅游大巴出发地。

司机有一张很年轻的面孔。我刚好透过车内后视镜看到，对方戴着银色细框的眼镜，一双杏花眼楚楚，眼角泛着些许微红，丝毫不着急的眼神正看着车窗前面的世界。

记得你也有那样淡然的神情，似乎永远遵循着世间一切的规章前行，穿梭在城市的车流里，遇到红灯就停下，遇到绿灯就行驶，不会争强好胜，跟人比车速、炫车技，也不会圆滑世故、拍人马屁，即便有钱，也甚是低调，对所有人都那么和善，没有目的。再过许多许多年，我知道你依然会是这样，在生活的泥潭中一直是清清爽爽的样子。

站在晴朗里

很多很多年以后，车窗上或许还会映照出副驾驶位置上一个小小的身影。

那时的你应该有了家庭。六七岁乖巧的孩子，是这世界上的另一个你。小小的人儿总往你怀里钻，要摸你的脸，要你抱抱。你把车停在路边，跟孩子说了什么，引得小小人儿哈哈大笑起来。你安抚好了孩子，就继续开车。车开着开着，小小人儿睡着了。车内后视镜里是你不变的眉眼，装着世上繁花与万千星辰。

我不敢看全司机的脸，就单单盯着这镜中的眉眼看，假装是在看你吧，一眼再一眼……

眼前的这辆车与过去的那辆车，在某个时刻，仿佛成为同一辆车。

闭上眼睛。如果现在的我正坐在过去那辆要跟你告别的凌晨的车上，我一定要让车停下来。我要跑下车，飞奔向你，因为我知道只要我一回故乡，远在西南的你就要真正离开我了。我也非常清楚，或许自己无论怎么做，结局都一样，我也不管了。我只想在那一刻飞奔向你，抱住你。

在那个还未天亮的车站前，微冷的风清扫着水汽，我要抱住你，看你一眼，再多看你一眼。

在屏息的拥抱中，时间在走，却也在静止。我理解了曾经无

放下你

法想通的一句话——一瞬即永恒。

　　未来，我们都有各自的高山要攀越，都有各自的深海要潜游。人生长途上，来来往往的人成千上万，我知道，与你携手踏进大雪之中跟这天地白头的人，不会是我。但此刻，我不念来处，不关心去处，你站在我眼前，就是永远。

　　你的眉宇装着星空，你的眼神清澈而坚定，你是鹿，在林间饮溪。枪响之后的世界是什么模样，随它吧。鹿慌而逃，溪水空流，随它吧。漫长的寂静开始重重包围我，我成了聋子，随它吧。谁让与意中人相拥的那一刻如此迷人呢？就像"永远"这两个字本身就让人着迷。

　　网约车抵达了终点，我换乘旅游团的大巴。司机师傅喜欢赵雷的歌，《成都》循环播放了好几遍。车上都是起早的年轻人，找好座位后就闭上眼睛接着睡觉，没有多少人察觉到司机已经悄悄换了首歌，我迟钝很久的听觉却在这时候苏醒了，前奏一响，我就听出这是赵雷《署前街少年》那张专辑中的《程艾影》：

　　　　伍岚正和程艾影从上海到武汉
　　　　他们要坐十天马车三天两夜的轮船
　　　　泥路上艾影含着糖靠着岚正的肩膀
　　　　马车经过村庄，石路颠簸不渝的情肠
　　　　……
　　　　拨开面纱回望故乡，只见潮湿的月亮

>　雨水冲不掉常德路上爬满蛛网的门窗
>　梦里回到他的身旁，蜜语中风不再凉
>　永远都像初次见你那样，使我心荡漾
>　…………

凌晨的车窗外，一辆辆大巴开走了，到了路口，转弯，不见了。离别后，有多少人能轻易返回？

程艾影，曾爱你。

当时轻别意中人，山长水远知何处。

唉。

人生就是一声惊叹之后的继续赶路。

未亮的天空，日月星辰悬空而亮，在时间推移下，闪闪烁烁，明明灭灭。我抬头看一眼，眼角不再发烫。一低头，回归了平凡本身。

车开了。

赶路，继续赶路。路海长，青夜旷，越过群山追斜阳。

什么重，就放下什么。

我，就放下你。

——故人。

第五辑

蹚过岁月的深雪

## 从时代列车上走下的人

母亲出生在 1962 年,她是一个见过人间从荒凉到繁华的人,也是见着车马慢的时代仿佛突然装了引擎般不断往前飞驰的人。在科技迅猛发展的当下,网络和电子产品已经成为人们生活中不可或缺的一部分,但母亲却不沉迷,不依赖,仿佛一个局外人。

家里明明有洗衣机,母亲却坚持手洗,如果要用,她也只用到洗衣机里的脱水功能。墙角明明堆放了几箱矿泉水,母亲却还要出门打水回来烧开喝,她对保质期长的食物未曾品尝一口。手机明明已经是智能机了,母亲却只用它来接打电话,想知道时间也要瞅瞅墙上的挂钟。至于看短视频、网上购物这些事,母亲从来不做。她似乎对这个极速运转、如梦似幻的世界充满了深深的不信任感。

我出生在 20 世纪 90 年代的乡村,对这世界有意识的时候,网络还没普及到身边,我还在跟自己熟悉的老街、古桥、溪流、橘树林、稻田相处。后来信息大爆炸的时代来临了,城镇化进程不断加快，信息网络开始占领乡村。我或多或少有受到母亲的影响，对这些新时代的事物也有一丝警惕。学习上还遵循着传统方法，不清楚就翻书或请教老师。手边有个翻盖手机，仅仅作为自己在校时与家里的联系纽带，许多年未曾更新换代。到大学之后，身旁的人已开始看电子书，我还每天钻进图书馆，借阅着自己喜欢的纸质书。

我以为自己能够很好地保持着与虚拟网络的距离，当众人沉溺其中无法自拔时，我依然能清醒地生活。直到必须长期上网课时，我陷入网络当中，并且逐渐变成了习惯。除远程上课外，眼花缭乱的短视频、嘈杂的社交网络、喧嚣的新闻、接连不断的广告，无时无刻不牵扯着我的注意力。我感觉自己犹如一片正随洪流往前的浮萍，失去着方向，也失去着自己。

每一天，我都是大数据算法的猎物。各种消息、图片、视频精准地包围我，捕捉我。信息的城墙越砌越高，一张张网投向我，我越来越难以呼吸，内心已经被这些数字化的一切淹没。

有一次，我正沉迷于手机里一条接一条推送的信息。母亲走进房间打扫，扫把不知不觉伸到我脚边。她看着我，眼中满是关切和担忧。我放下手机，也看着她，隐约猜出她在担心什么。她轻轻地叹了口气，说："今天看的内容跟昨天的差不多吗？"我点头。"那这样看有什么意义？"母亲继续说，"我把屋子打扫一遍，半天就过去了。你对着手机看了半天，有什么收获吗？我感觉你的状态越来越不对。"

从时代列车上走下的人

母亲的一席话敲打着我，也将我从网络的围墙中救出。想起小时候，自己没有这些电子产品，生活简单而快乐。我与自然为伍，与人为善，心是那么的自由。我不禁将此刻的生活与过去的时光审视一番，内心突然生出惶然与警惕。我知道自己需要回归朴实、自然、确定的状态中了，不然必将迷失，辜负了阳光、大地、山水和自己。于是，我决定，放下手机，关闭电脑，远离这个信息爆炸的世界，去向大自然的怀抱出发，去寻找原本的自己。

先解放自己的双手，不再让久握手机、常按键盘的手指继续变形。到山间，我的双手触碰着流水，冰凉的感觉沁入身体里，让人瞬间清醒。我也触摸起每块岩石，它们粗粝而坚固，展现着时间凝固的艺术。沿途有许多树干被青苔覆盖，仿佛长了一身皮毛，摸上去柔软而湿润。我再向上摸去，是斑驳的树皮，表面的每一条纹理都仿佛是自然留给我的一行行文字，告诉我岁月的魔法与生命的力量。我一边用手抚摸这一切，一边内心感到充实而安宁。这些具体的触感让我的手脱离原先的动作，不再麻木，不再机械，一遍遍确认着自身。

再解放自己的眼睛，将视线从满是辐射的一小方块屏幕放到辽阔无边的天地中。看阳光透过森林的缝隙，打下星星点点。风起，绿色的海就在眼前翻涌，起伏着大地的声息。嫩绿、葱绿、碧绿、豆绿、茶绿、橄榄绿……从低处谷底到高处山峦，不同的绿色呈现出草木生命不同的状态。想到人的一生，从出生到衰亡，或喜或悲，都在这世间变幻的色彩中悄然度过。夜晚时，我抬头看着星辰遵循宇宙的秩序，在天空的画布上组成各式的图案。我在脑海中自动补上星子与星子间的路线，内心入定，靠着视线，仿佛在找一条回家的路。洒下的星光如此温柔地落在我身上。这夜中的清辉让人冷静，我便笃定地向前看，在喧嚣的俗世中走起路来。

继续解放的是耳朵，远离让人亢奋、焦躁的乐声，神经逐渐回归平稳的状态。脚踩在落叶上，沙沙的响声一时间听得格外清脆。长空之中，一群飞鸟掠过，交叠着的鸟鸣声传入我的耳中，宛如一曲优美的交响乐。我停下脚步，静静地聆听，似乎是天地在对我歌唱。远处传来寺院的钟声，深沉而庄严。我闭上眼睛感受，钟声在心的空谷不断回荡。紧接着，也听见了放牛人的呼唤声。他们时而高一声时而低一声唤着牛，唤着羊，归家，归家。耳边的这些声音给我带来久违的平静和松弛，紧绷太久的身体这下变得柔软，我将自己舒展，摊开，融在暮色里，融在和风中。

我试着重新去亲近一朵花，耐下性子，闻一闻那些幽然的清香，也开始专注品尝着饭桌上的每种滋味，任酸甜苦辣咸在舌尖流转，我清清楚楚感受着它们。感官的一一解放，生活的一一回归，让我又找到了作为人的状态，找到了在日常每个时刻的诗意表达。

除了大数据网络对人日复一日施下的瘾症，极速运行的世界也让我像母亲那样在心中产生隐隐的不安。日暮时，在大河边独坐，水面铺着夕阳灿灿的金光，仿佛巨大锦鲤身上的鳞片。风吹来，波光粼粼，也似乎是这锦鲤在游动。对岸一列高铁驶过，水面映出那嗖嗖飞驰的身影，不到两秒，消失，如此虚幻。如果我在它

从时代列车上走下的人

开来前闭上眼睛,两秒之后再睁开,那些铁轨上似乎只停靠着跟之前一样的空,我觉得列车未曾到来过。一种奇诡的感觉涌上我的心头。

当数据网络铺天盖地,当人工智能被广泛使用,当元宇宙频频出现在热点头条,科技庞大的力量带给人便捷之余,也仿佛给人下了迷魂阵令。如何在迷惘失序的世界中清醒行走,如何在经过这场时代风暴时不被飓风卷走,我常想到母亲。她像从时代列车上走下来的人,列车放下她就呼啸往前,一刻不曾为她停留。而母亲似乎也不屑于再坐上列车,任列车一个劲儿开远远的,她只在自己生命的途中慢慢走着,有自己清晰的步履,在人生的薄暮里,什么都不追,什么也不赶。

母亲一直待在自己的真实本性之地,她内心有始终清洌的源泉,往生活的溪渠里涓涓流淌。路过菜摊,她依然不会多看硕大光鲜的蔬菜一眼。母亲喜欢从天然的土里老老实实长出来的食材,个头小一点,有虫眼,都没事。入夜不久,她就开始停下手里的活儿,准备洗漱,然后固定在晚上八点前入睡。雷打不动的秩序里有母亲对生命的领悟和坚守,她有无比寂静与平和的中心,像深海,像宇宙,引领我,在当今时代的凶猛洪流中清醒自渡,不随波逐流,不放纵沉溺,不迷失自我。

当一张张虚拟之网投向我们的此刻与未来,每个人始终要保有一种真实感,来自朴素的生活与亲近的自然,来确认自身作为人的意义和价值。

站在晴朗里

你拥抱一簇花,你是花中一朵。

你掬起一捧水,你是水中一滴。

你望向一个人,你也是那人回眸中的存在。

从时代列车上走下的人,用脚下的每个步履触碰着生命缓慢而真实的质地,带着内心的空明往哪里看去,哪里就都是无边辽阔。他们始终持着源于内在的安定火光,穿过风暴,走在人间。

# 空寂蝉壳

十岁的时候,我从一只蝉身上隐约察觉到生命的空寂。

闷夏里,万物都无精打采,但蝉例外,越是炎夏,它们越是聒噪。蝉鸣声声,煮沸着时间,也煮沸着我们的生活。一只蝉爬到了洗衣池边的栀子树上,我在玩水,正好看到了它。蝉没有发出叫声,只紧紧抱住枝干,像刚从泥坑里爬出的,身上灰扑扑的,跟树干一个颜色。即便人来了,它也不怕,静静地待在那里。

父亲走来,轻轻跟我说:"这家伙是从地下长出来的,都不知道什么时候就长这么大了。"小孩子好奇又好动,那时的我想伸手去碰蝉,被父亲止住。"不要打扰它。"父亲顿了一下,认真观察着蝉这时的举动,继续说,"我们赶上好时候了,它正在脱壳。"父亲讲完,神奇的事情发生了。蝉的背部开始出现一条裂缝,新的头从原先的头部里挣扎出来,然后身躯也重复着类似的动作。看着这变化的瞬间,整个世界仿佛静止了。最后,蝉的翅膀也长出来了,它飞起来,激昂嘶鸣,满屋的安静就瞬间都被这小东西吃掉了。

我竟然看到了一只蝉羽化的过程，心里止不住为这奇迹般的时刻而激动，但很快就平静了下来。我呆呆地盯着树干上那个满是泥土的外壳。之前身处其中的生命已经飞离，此刻只剩下它，像死去了，又像还活着一样，寂然地贴在树干上，仿佛一间屋子在等待什么，实际上却是已被抛弃的旧物，它空空的，风钻进去又出来，只有空气蔓延其中。

后来我知道蝉的一生要经历卵、幼虫、蛹、成虫四个阶段。它们有一个漫长而隐秘的生命周期，短则数年，长则十来年。我所见到的"脱壳"，其实是当中最短的一个环节。它从泥土中冒出，爬到树上退壳，再羽化而飞，仅仅花去一个小时。而耗掉它们大部分光阴的，并非在地面上的生活，而是在幽深而黑暗的地表之下。庄子在《逍遥游》里说道："朝菌不知晦朔，蟪蛄不知春秋，此小年也。"对许多虫子而言，一生都很短暂。而我惊叹于蝉在地下蛰伏的能力，在长达几年甚至十几年的时间里，在漆黑与深邃之中，是怎样的生命能面对如此漫长的寂寥，而安于其中？它仿佛是在与时间做对抗，也是在跟人世给予它的卑微物种的身份做对抗，而深藏在大地中的空寂成了一种陪伴的力量，带它经过春秋，由蛰伏到蜕变，完成生命的过程。

繁华之所以让人瞩目，是因为我们人生中有太多无法忍耐的荒凉与寂然。年少时内心容易开出孤独的花朵来，怕寂寞，怕失落，走到哪儿都希望自己能艳艳地开着，吸引万千蜂蝶争相扑来，也使别的花羡慕不已。成年后，经过现实生活的捶打，少年时的病症渐渐褪去，人生长途中出现的是一大片花落之后的空寂。

空寂蝉壳

记得刚读高中那会儿,学校宿舍楼少,我住进了十人寝室。每天在那个不超过二十平方的狭小空间里,总是迸发出奇异的笑声。少年们把那里当作舞台,晚自习回来就唱歌跳舞,挥霍青春期内无穷无尽的精力;少年们把那里当作聊天室,睡前的谈话会持续到凌晨两三点,相互交流学习以外的种种经验,声音的海浪一阵阵从少年们的身体里涌过来。我总是在深夜想起那年夏天看见的那只蝉。它蛰伏在地底下的日子里,没有天敌,没有噪声,微小的生命拥有着辽阔的疆域,穿梭到哪块土地下都可以,耳边是漫长的寂静,是能真切感受到的自我的寂静。

进入读博阶段,住进学校安排的两人间寝室,我也没有遇到理想的居住环境。室友家有雄厚资本,给他规划好了未来路线,他便轻松过着日子。他除上课外,就是中午爬起,吃吃喝喝,打打游戏,直到凌晨三点,仍然用手机公放着声音,看着直播。偶尔他去楼道上的公共卫生间,回来也要在寝室里洗手,水龙头一开,不锈钢做的洗手池就噼里啪啦作响,宛如大珠小珠落入梦里,将我的梦境狠狠打碎。我与他交涉,无果。他说:"我不会搬出去的,一个人住实在太无聊了。"而我倒习惯寂然的环境,可因为家里经济条件不好,也没舍得搬到校外住。拥有一个能正常休息的空间,成了我一直奢望的事情。

夜深人静时,我还是会怀想起童年时看到的那只蝉,它是以怎样的力量熬过地表之下的漫长时光?我可以像它那样吗?身陷复杂关系的蛛网中,一个人竟然会如此钦羡着一只蝉。我期盼天亮,期盼天快些,再快些亮,我想逃离这个房间,我想逃离这样的岁月。

父亲在故乡的青山上种着一片小小的果园，夏天时，那里也布满蝉声。而我喜欢秋天去那里。柚子落完，龙眼落，龙眼落完，橄榄落，累累果实堆在枝头的盛景在时间中徒然成空。鸟不来了，羊不来了，但父亲来。我跟在他身后，常看见他留在这萧瑟天地中的那一道背影。多少年过去，他虽不清瘦笔挺了，但始终如青山沉稳，仿佛多少风雨袭来，山仍然像昨天那样矗立不倒。

父亲没有料想到这片一两亩的果园也会出事端。自己平常做工养家之余勤恳耕耘出的果园，竟被人谣传是叔公所种。造谣的人不是别人，正是父亲的弟弟——一个为了钱可以拿起菜刀砍向兄弟的男人，可以污蔑我怕黑的母亲深夜拿梯子潜入别人家偷钱的男人，是我从懂事起绝对不会叫他叔叔的人。父亲受不了谣言，找我，让我带上手机，去已经卧床难起的叔公那里录音，当叔公亲口说出果园的确是归属父亲的时候，父亲并没有多少开心的神情。傍晚，他依旧去果园，我跟着。南方冷天时节，走在枯木衰草之中，加上云雾缭绕，人感到格外凉薄。父亲突然站在一处山崖上不走了，静静看着什么。我走近，发现此时远处群山在这云雾中皆为淡影，低处的湖泊水光也淡，山水都淡到隐没，人在其间，也成了一道空蒙的影迹。父亲身上的所有失落与痛苦，有了落脚的地方，放进这片空里，也在逐渐地淡去。他像岩石的同类，矗立在那里，任凭时间的浪潮经过。

叔公卧床之前，父亲把我们旧家给他住。老人瘦骨嶙峋，无妻无儿，单身到老，脾气古怪。叔公其实也有两间自己的房子，虽不大，但也够住，可他拾荒后没及时处理，以至于废品囤满屋子，没有多少容身之地，父亲就把老房子给他住。平时我跟母亲如果在路上见叔公拾荒，也都跟他打招呼，但叔公好多次都只抬眼看了我们一眼，也不跟我们说话。母亲感到生气，说没见过这么怪的人，就拉着我回家去了。搬到新家多年，母亲时不时也回旧家看看，我偶尔也回去。人一走，老屋就更老了，门一开，灰尘在光下起起落落，仿佛在欢迎我们回家，也仿佛在跟我们重温着老屋昨天的故事。而走廊、灶台、洗衣池、谷仓、墙上的明星海报都像还留在屋子里的亲人，一见我们，它们也像闭眼的人慢慢睁开了眼睛，眸子里闪出往日的神采，时光回来了。

　　叔公住进老屋后，母亲没来得那么勤了，但每次来都让她深受打击。先是叔公一声不吭就把我们家栽了十几年的栀子树砍了，之后他又失手把老房子烧了，母亲叫消防车来扑火的时候整个人悲痛欲绝，瘫坐在地上。叔公人没事，还在一旁责备母亲叫别人过来看他笑话。父亲随后也来了，无奈地叹气，身体里有火无处可喷，但也灭不了，只能干巴巴烧着。房子也干巴巴烧着，火光凶猛又无情，不为我们的呐喊与绝望停下。陪伴家里每个人抵过大风、暴雨、巨浪的老屋没了，连带着屋子里的一切统统消失，昔日时光归于空寂，仿佛一个时代就此落幕了。没有多少人真正能理解这种失去的感觉，只有我们家每个人的心里清楚，一场大火带走了什么。

"任何事，任何人，都会成为过去，别跟它们过不去。"当我遇到人生坎坷的时候，当我被万千愁绪紧紧绑住的时候，朋友波常跟我这么讲。他人淡如菊，不争不抢，倒不是故作清高之姿，是因为经历太多人世艰辛后而变得空明。早产的他，生来体质就比别人弱些。家中不富裕，父亲在很早时候就过世，母亲拉扯着他和姐姐，十分无力就改嫁了。他自小就在悲凉疾苦中成长起来，因内心的善念而不曾对这世界有过恨意，后来学了禅宗文化，活得更为通透。

我在重庆住的那些年，有时会没日没夜地处理工作上的事情，春天要过去了都不知道。波跟我说："去看看花吧。"我说："等有空再去。"他回了一句："花是不等人的。"而面对诸多选择，心烦意乱时，他常让我去喝茶，说："你此时需要的，可能仅仅是一杯茶。吃吃喝喝，心无挂碍。"看茶叶在汤水中起伏，翻转，由蜷缩到舒展。缕缕茶香飘出，几泡过去，茶色愈发清明。而入口后，我感知到空无正贯通着身心内外，也渐渐理解着"所有相皆是虚妄，若见诸相非相，即见如来"这话中的意味。

说起来，人们对古典悲剧文学作品情有独钟的一大原因，是它们折射出了一种相似的命运的规律。如《桃花扇》里所写："眼看他起朱楼，眼看他宴宾客，眼看他楼塌了！这青苔碧瓦堆，俺曾睡风流觉，将五十年兴亡看饱。"又如《红楼梦》中所云："为官的，家业凋零；富贵的，金银散尽；有恩的，死里逃生；无情的，分明报应。欠命的，命已还；欠泪的，泪已尽……好一似食尽鸟投林，落得个白茫茫大地真干净。"人们借以反观自身境地，看透世情人心，知道来这人间是幻梦一场，万事皆会成空。在文学悲剧中读到这些字句，可谓是自己对人生无常的和解及内在安慰。

感受过他人的恶意，也接受过这世界的善意，知道人生明明灭灭，起起伏伏，最后归于沉寂。空阔的江中，有船行来，又在忽然之间隐没于远天落日，江面安静如初，没有意义吗？船行之处，泛起水波与涟漪，皆是途经的意义。又宛如花开，不在乎你的看与不看，舍与不舍，花都尽管开着，也尽管落着。我们无趣时，竟无意识地沉迷在各种失去和不安间，执拗于他人眼光、爱恨、得失，辜负着生命的美意。

肉身能抵达的高峰有限，天地之间的空寂能蔓延到无穷的远方，覆盖世界多数的部分。从喧嚣人潮中抽身，凝视空寂的时刻与场域，由我出发，经过大雾、云山、暗夜、浩海、镜湖、雪原……再回到我，不由地发现生命已然柔软，也已然辽阔，这是生命在天地间完成的跨越，也跨越了自我的虚弱与幽深。空寂仿佛是世界被它抹去纷繁或残缺面目后的镜像，生死悲欢、聚散无常早已在里面开过千千万万朵花。

直到此刻，我眼前依然会浮现出年少时看蝉蜕变的情景。它蜕皮时背部出现的裂缝，从原先头部挣脱出的新头，它抽生而出的新身躯，振动着那轻薄透明的翅膀……目睹这一系列瞬间，我从中探索、找寻着一种自然的因果，这也是生命需要的修炼。我仿佛站在前世末端和今生相连、过度的地方，等候着新一轮生命的开始。

那留下来的蝉壳是它一生中最寂然时光的见证。它在黑暗幽深处的蛰伏，它在漫长等待中的自得其乐，都饱含在那枚旧壳中，这是蝉在天地中留下的一个空空的声音，透着生命空寂的回响。

仰望无边寂寥的宇宙星河，静下来听自己内心的声音，与自己进行一场漫长的交谈，不再局限于孤独的排解，而开始通往更广阔的境界。

在天地之间，学习万物教给我们生命的深刻，灵魂方有生长的空间，人生才能够渐次丰盈。

## 和光同尘

学校宿舍楼有地下寝室，因为潮湿以及通风不好，终年散发着一股很难消散的霉味。

我曾经在一层楼梯口向下看，一段幽暗的过道之后，有四间寝室，走廊上的灯仿佛年老的眼睛放不出亮光，有一口天井通向地上，成为白天里唯一光线的来源。我从没见过有人在那里走动，就像那里从来没有人住一样。只有落叶被天井刮下的风推着走了几步，停下来，又走了几步，似乎落叶才是那里的住客。

四月的一天，我因与同住的室友作息习惯协调无果后，告别了居住一年半的二楼房间，而搬进这里，成了"底层"中的一员。即便知道未来将面对怎样潮湿、幽暗的处境，我也还是松了口气，愿意面对。终于听不见凌晨三四点对床公放的手机直播声音，终于闻不到关得紧紧的寝室门里那人煮的粥食、面食的味道，也终于不用默然忍受那人日常的语言暴力，不再跟他在同个屋檐下，好像生活由此轻松不少。

因为没有多少人愿意住这地下室，所以学校就将它们当作单人间。一个人住，不再跟人共挤一个房间。七八平方米的空间，这下完完整整属于我了。我也把这里看得更仔细了。这个小房间就像个小宇宙，在我眼前展开。

墙壁因长期受潮长出了很多霉斑，一团一团的，像是顽皮的孩童把墨甩到了白墙上，知道闯祸了，就用湿布擦，擦来擦去还是留下了淡淡的墨印，也仿佛是用笔画出的一颗颗星球。许久未被拉动的米色窗帘没有完全遮住窗户，漏进一些光，照着书桌边角。我过去手一拉，光从高处涌了下来，整个人瞬间像被什么淹没了。我才知道在这世上，并非只有水流才有这样的力量，光也可以。而地下室并非全在暗处，室外的地面在我肩膀的高度。外面是一片草地，因近来雨水多的缘故，野草疯长，不断蔓延，瞥不到任何一块裸露的地表，草地的边缘栽着榕树，应是许多年前种下的，如今已经亭亭如盖。再往外看去，是一条车来车往的水泥路，不时也会有人在路上行走并聊天。虽然在宿舍楼的底层，但庆幸自己还能伸手触碰到光，这些光洒在木地板上，眼前起伏的尘埃看上去仿佛都带着希望。

此刻它们在我眼前飞扬，飞扬，牵动着我突然解封的记忆。

观音路上的家是我记忆中的第一个家，小孩子不懂太多，觉得房子就是家。但我们住的房子实在太破了，破到母亲不敢往家里带亲戚。"每次都害怕对方提出要看看我们家，那时候我心里可紧张了，这样的房子怎么好意思让人过来坐一坐啊？"即便是

和光同尘

住进新家多年之后，母亲回忆起当时仍然心有余悸，贫穷宛如一块身上的疤，没有人愿意展示。

因为房子四周都是菜地和泥泞道路，晴天里，家中随处可见在光里起伏的灰尘。起风时，母亲拿着扫把、簸箕，四处扫，这边刚结束，那边又覆盖了一层土。她停不下来，像在舞蹈，贫穷就是如此擦也擦不干净。雨天，家里开始演奏交响乐。顶子床上摆满四五个脸盆，雨漏下来，盛水的脸盆因大小不同、材质有别会发出不同的音阶，是贫穷给我带来音乐的启蒙，让我的耳朵听到的世界如此丰富。

说起我家的门，那的的确确是一扇寒门。外面刮风，家里也刮风，外面发大水，家里也难逃洪水猛兽的侵袭。门在那里，又似乎那里没门。几块破损的木板钉出的家门，尽是斑驳，尽是裂缝，尽是褪漆的底色。什么也无法挡住，什么也无法守住。总是修修补补，拆下用破的一块木板，换上新的一块。风来雨去，一些时日之后，再次拆下，再次换上。在拆与换的过程中，这世上千门万户都变得日新月异、富丽堂皇，而我们家的悲哀未曾变过，寒门依旧，风依然呼啸而进，雨依然倾泻而来，若说有什么改变了吗？有啊，我的父亲母亲在这风雨中老了。

寒门底部有或大或小的破洞，虫蚁可以前来驻扎，蛇鼠也常来做客，父亲母亲堵了又堵，那些洞说破就破。豪雨来时，门关着，洞却连通内外，哥哥跟我待在家，无聊了，想玩，就折纸船，放在屋内的积水中，低下小脑袋，在纸船后使劲吹气，看谁的先过了破洞。有时是哥哥赢，他雀跃拍掌，有时是我赢，不免激动呼喊。在潮湿的低处，我们有小小的欢喜，也有无尽的希望，在飞扬，飞扬。无论面对怎样的日子，我们都对洞穴外面的世界充满期待。

此刻，在我的宿舍窗外，地面宛如与我的视线齐平，我与灰尘平等。我能看清楚所有低处的事物：草芽的抽动、蚂蚁的活动、一朵花的盛开、一片叶子的掉落，还有一缕缕抵达人间的光，以及在光中飞舞的一粒粒尘埃。每一天的生活中，它们时刻都在，在窗前，在我面前，展现着生命的种种面貌。时间一长，我就有了错觉：我与它们都是同类。

清晨，一开窗，水雾和青草的气息就挤满我的小屋，仿佛与我说着早安。大榕树落下很多叶子，尘土一点点覆盖了它们，直至在未来的某个时刻，它们被大地全部接纳，而成为大地的一部分。生命如此循环，如此温柔。

午后，草木在微风中摇摆，影子在窗边浮动，投射到墙壁的影子是日子的触角。想到世间诸多事皆如此，我能看到却无法摸到，但如今心中并不感到失落，而是被无尽的平和充满，曾受过的伤也都在慢慢地康复。

黄昏时，看到年轻的人们和狗狗们在夕阳下一起嬉戏。欢声笑语像光一样点亮了我的房间，每个角落里也都是那美妙的回响。我被一阵一阵活泼的声音感染到了，突然打起精神，跑了出去，大口呼吸起来。傍晚的空气有丝丝的焦灼，也有丝丝

和光同尘

的凉。落日的暖光将我照亮，活着真好。

而到了夜晚，在这地下室的窗前，一辆辆车开过，或是轿车，或是卡车，或是摩托车，它们车前灯耀眼，光束扫过来，仿佛星星来到我的眼前，离我这么近。我望向地面，清楚有一种力量正在盛大而寂静地生长，它终将在某个瞬间迸发，灼灼燃烧，为所有暗淡的生命引航。

记得父亲母亲常常跟我说："做我们的孩子活得很辛苦，要是你出生在别人家，命一定会很好。"我每次都回答他们："生在我们家，已经是命运对我最好的安排了。"父亲母亲不知道，他们虽是这人世间不起眼的尘埃，却也是在暗夜中照我前行的火光。他们在生活的泥潭中关关难过关关过，隐忍又坚韧的品格迸射出生命不屈的烈焰，激励我，在深渊中要仰望星空，在青云间也要挂碍微尘。

当然，底层就是底层，苦难就是苦难，没有人喜欢，也无多少人会真正歌颂。但古人常说福祸相依，悲欢相承。在不确定的时代中，谁也无法摆脱底层与苦难会降临到自己身上的可能。这是每个人成长必经的路途。

每个人来这世间一趟，千辛万苦，餐风饮露也好，金玉满堂也罢，终其一生，我们都不过黄沙之下一身白骨，与尘埃同类。

当生命从黑暗的洞穴中探出头来，看见阳光照耀的大地，我们会对自己与世界认识得更为深刻、具体，会惊叹暗中舞动的尘埃被光照亮的那个瞬间，多卑微的事物也无法被剥夺起舞的权利：只要风起，就可以飘扬；只要光在，就可以灿烂。

　　站在底层的我，花了很多年才能与这个世界在一次次交涉后和解，也深知一个道理：好好活着就是人生最好的姿态。

　　去听晨光里的鸟鸣，去看日落时的群峰，珍惜每一个眼前动人的瞬间。

　　和光同尘，不悲不喜，在与群体、环境和世俗的共振中，保持自我，带月荷锄，咏而归。

## 雨天的课

这些年，母亲每天夜里都会止不住地做梦。梦一醒，她说自己又梦到老屋了。而雨水一来，我回忆的浪潮也跟着翻涌，涌进了那间老屋。

我出生在福建的一个村子里。从有记忆开始，每到雨季，我总见到父亲的头发是湿的，母亲的鞋面是湿的，一个个日子都是湿的。再细的雨凝聚在一起也会变成硕大的水滴，从我们一家子住的瓦房顶漏下来。我曾经坐在瓦房里认真数过漏下的雨，珠子似的往脸盆里落，一颗，两颗，三颗……雨滴似乎保持着匀速掉下，富有节奏。大雨滂沱时，我就来不及数了，屋内前前后后摆满脸盆跟桶，刚数这边，那边又落，全无节奏，只是一片滴滴答答。我人生最早的音乐课就是在屋子里学到的，是自然与贫穷教会我的。

那时，我还不懂生活的艰辛，父母亲也很少在我们这些小孩面前抱怨现实，谈及贫穷。或许在上世纪90年代，每家每户的生活都是在缝缝补补中度过的，人与人之间也就不用做多少比较了。盆跟桶，像一片片小小的湖泊，接住了所有漏下来的雨，里面由空到满，湖面由浅变深。我跟哥哥快乐地绕着一片又一片的湖看，水面一满，就使劲儿端起盆或桶，快步往外倒。我岁数比哥哥小，力气自然也比他小，走起路来跟跟跄跄，水洒得到处都是。哥哥让我别逞强，搬些小盆，我不服输，依然端起跟他手里一样大的水桶往外走，我不觉得累，脸上还都是笑。这是童年时我经常上的一门劳动课。

父亲也几次在雨中爬上屋顶修补，母亲则在屋里来回忙碌，挪动脸盆，接住落下的雨水和瓦砾。但我们家的屋顶总是修不好，隔三岔五又漏雨了，父母亲也渐渐放弃了修理的想法。

母亲那时给香烛店刷银纸，她在家找到一个干燥的角落后可以全神贯注地刷上大半天，仿佛完全忘记了漏雨这件事。哥哥会在雨天折很多纸船，放在屋内通到屋外的小沟里玩，一只只小小的纸船穿过一截暗道就漂到了外面的世界，哥哥兴奋地唤我："快来看，快来看！"这是他童年开心的时刻。在雨夜里，父亲常会半夜起身来我的床边，看看雨是否漏到床上。后来碰到大雨天，他就在蚊帐布撑开的床顶铺一层塑料布，他怕吵到我，动作放得格外轻。而我早已伴着雨水敲击脸盆的声音入眠了，如鲸潜入梦境的大海。

我们一家人就这样跟屋里的雨水和谐相处了十几年。那些年里，即便家的船只在风雨中摇摇晃晃，父母亲也始终怀揣着希望，带着我们这些孩子渡过风雨交加的洋面。他们是世上最棒的船长、舵手。

雨天的课

等我上了幼儿园，父母亲在村里的市场摆摊卖食杂，经过七八年起早贪黑的辛勤努力，他们终于攒够了钱，建起了新房子。那是一座看上去十分坚固的水泥房，起初是两层，后来加盖至四层，有一个很大的天井，每天阳光都从那里洒下来，洒得屋子亮堂堂。搬到新家后，已经有许多年，当我关上家中门窗，雨就彻底被隔绝在外了，好像一段漫长而艰辛的岁月也被阻挡在门外，我们可以不再为漏雨而忧虑了。

在我进入三十岁的这年，父母亲纷纷迈入了六十岁的门槛。他们曾经全靠硬扛，握紧拳头，咬紧牙关，带着孩子度过了一段漫长又难挨的日子。他们或许以为熬过的辛苦就此过去了，曾受过的创痛也会慢慢愈合，在人生的暮年，生活的齿轮会在平稳中运行，与过往不堪的岁月拉开距离。但我却在他们六十岁的世界里，看见了生命中的夕阳正照着他们，看见瓶瓶罐罐的药物挤着他们，看见了网络科技的产物扯着他们……他们像愈发消瘦、疲惫的骆驼，养在一个小型动物园里，我想牵出，一个名为时代的管理员却将我拦截在围栏外，说这些骆驼只能永远待在这里。我的父母亲只能永远留在他们熟悉的时代。

滴答，滴答……某一天，我上二楼的时候，耳边突然又听到了一阵熟悉的声音，是漏雨的声音。我抬头，顺着雨滴的方向望去。不知何时天窗之间的接缝处已经被雨水攻入了，它们一滴滴落下来，那些被雨淋湿的记忆又活了过来，如同在宣示着专属于我们这家人的生活从未结束。是的，贫穷的困境一直在，在父亲一张一张的病历单上，在母亲一瓶一瓶的进口药上，在我一学期一学期的学费、生活费上，在水泥房冒出的一条条裂纹上，在天井漏下的一滴滴雨水里……

我唤着在厨房忙碌的母亲过来，她见着眼前的场景，淡淡说了句："又漏雨了。"那个瞬间，我看见母亲脸上并无多少波澜，老去的眼睛里渗透出的目光也尽是平和，仿佛已经料到，并做好随时接纳这一切的准备。随后父亲也回来了，他像孩子从超市回来一样，提着一个大袋子，不过孩子买的是零食，他装的都是药。他同母亲一样很平静地望了一下天井，说："要修一下了……"然后，父亲意味深长地看向我。我没犹豫，立马应道："我上去修吧！"说完就往天井上跑。母亲在后面喊着："慢点，慢点……"

说起来，父母亲已经将我保护了这么多年。我明白自己要接过这样缝缝补补的生活了，要接受命运安排的程序，去经历在风雨之中无法躲避的潮湿、动荡、无常……该克服的克服，该隐忍的隐忍，该承担的承担，一个人成长的时刻莫过于此。

我心中也很清楚，修好的天窗有天还会再漏雨，滴答滴答的雨声还会在屋子里响起，自己会像曾经的父母亲一样一次次爬上天井，修补，再修补；扛起每个艰难的日子，往前，再往前。直到苍老的那天，自己再放下一切悲喜，平心静气，宠辱皆忘，去接纳余生最后的风雨。

这是雨天教会我的一门人生课，是我永远无法逃掉的一门课。

## 山水里的父亲

如果说每个人的名字都是一把钥匙的话,你说你从知晓武夷山历史的那天起,就知道了自己的名字和这片山川的关联,就知道当自己回到这里,就像一把钥匙插进了门孔里,轻轻一旋转,门就开了。

"武夷山,位于福建省西北部、闽赣两省交界处,属中亚热带地区,一年四季适合旅游。武夷山市前身为崇安县,建置于北宋淳化五年,即公元994年,距今已有一千多年。这里集山奇、瀑美、水秀、林幽等多种自然景观于一体,自古便是儒、释、道三教名山……"

你从大洋彼岸迢迢而来,坐在列车上,坐在我身旁,听车上的广播这么介绍车窗外的世界。活在数据资料轻松获知的时代,你说你已经习惯这样的介绍,不同的是从英文却换成了中文。但眼睛所捕捉的美,是一只只能飞进梦中和心中的蝴蝶,语言在它们张开的翅膀面前永远保持着静默。

群山竞秀，山峰经过地壳运动跟风化之后，呈现千奇百态，有的模样像朝天吟啸的老虎，有的好似对镜梳妆的亭亭少女，有的如同向着远天张开翅膀的老鹰，有的仿佛是一顶巨大的古代官帽，也有的像乌龟、像马头、像笔架、像莲花、像竹笋……也有许多处"一线天"，从山洞底部仰视，岩顶有弯弯曲曲的一道天光，仿若是谁用刻刀划开了黑暗，光明涌了进来。

当光线从云端射下，由低处山区向高海拔山区依次生长的常绿阔叶林、针阔叶混交林、温性针叶林当中的雾气，就被光的千万只手抽丝般取走。雾散之后的世界像被洗过一样洁净而清晰，叶子上还滚着湿漉漉的水珠。风一来，珠子掉下来了，而绿油油的植物们似乎都在奔跑着，追逐着彼此。除了风声、溪流声、草叶间的摩擦声，森林里别的声音也多起来了。百鸟叽叽喳喳，昆虫嗡嗡嘶鸣。一道道金光从树枝间渗下来，短尾猴站在树上，它们也一只接着一只啼鸣，组成了声音的浪涛，回荡在森林中。众多飞禽走兽、蛇虫鼠蚁在此繁衍生息，人在其间，不得不叹服眼前这一座动植物宝库的壮丽与神奇……

你告诉我，上一次跟你说起此地风物的人是你的父亲，我的表舅。在法拉盛的医院里，窗外的枫树红透一片，宛如他一直喜欢的中国红，火一般燃烧，接近生命璀璨的盛开与临夜的凋谢。

表舅将你取名"崇安"，或许是因为他年轻时离开这里长久未能归来的思念之情使然，也或许是希望后代亦不能忘记遥远的东方土地上所有生长的草木、所有矗立的山峰、所有飘荡的云烟。

他可能也想过自己无法再回到这里时,你可以代替他回来,跟这群山问候,跟这山风亲昵。

表舅是二十岁时远渡重洋又绕山越境,最终来到了纽约皇后区。他在理发店里当学徒,邂逅了在美华裔第二代的表舅妈。表舅妈家里开中餐厅。来到异国他乡一段时间后,表舅的嘴巴比他自己先想念家乡,于是在唐人街里找故乡的味道。有天路过一家馆子,外头的介绍里写着"莲子羹"、"牛腩粉"、"大扁肉"、"猪血煲"、"荔枝肉"等等菜肴,表舅瞬间被这些熟悉的菜名包围,进店一问,这家店果真与福建有关。"我爸妈也是年轻时从福建来这里,开了这家菜馆。我们一家人一直在这里生活,我还没有回过中国……"回答的人正是你的母亲。因为舌尖上的这份乡愁,表舅认识了表舅妈,又凭着血液里流淌的那份奇妙的情感,两个人越走越近,几年之后他们缔结连理,表舅就成了丈夫,也成了福建菜馆的老板,之后你就被他们带到了世上。

你从大洋彼岸飞抵长乐机场,与我相会。我也凭着家族里相似的眉眼与血缘中产生的熟悉感,认出了你,哪怕我们从未见过面,也不曾说过一句话。之后和你从长乐东站出发,坐高铁往福建内陆开。列车开进东南丘陵后,就像一条蛇钻进了一个个山洞。

我们不知沉睡了多久,醒来后,看到车窗外的世界早已不是东南沿海平原了,恍然间变了模样:远处山间是夏末依然绿油油的梯田,云朵像白色飘带静静挂在山峰之上,也见着清澈的江流潺潺淌过,那水面在阳光照耀下抹了油一般发出光亮。天空不再被高大的楼宇所分割,望上去,像一面被洗净的蓝色玻璃。偶尔有一阵阵自然的风漏进来,夹带着草木的清香与山区湿润的水汽。你嘴角上扬着,一边看着景色,一边对我兴奋喊着:"太美了,太美了!这里,这里!"

窗外,两旁风景在倒退,我看见你像一个穿梭在时光旅途中的人。

到站广播这时响起,听到"崇安"二字,你告诉我,仿佛是有人在喊着你的名字,这是一种奇妙的感觉。你瞬间心里五味杂陈,吸了一下鼻子。

我们静静坐在座位上,透过玻璃窗,看到蓝色站牌上写有"武夷山"三个字。这三个字上的是白漆,在将近黄昏时被斜到月台的日光照出熠熠光芒,再看几眼,那白字似乎被渡上了一层金,浅浅的色泽逐渐转深,入夜后又将被夜色覆盖。在这期间,多少人来了,聚了,又多少人走了,散了,这三个字是清清楚楚的,但它们不会说出来,它们只会一天天静静地看着这世间的人来人往,好聚好散。

福建多山,再加上江流、溪涧纵横交错,从高空俯视,颇像巨大墨绿袍子上搭配的白绸带。这些山奇险秀美、气势磅礴,这些水或静如处子缓慢流淌,或动若猛虎浩荡奔流。山山水水共同绘就出武夷风格的中国画卷,自古成为各路名流、羽士、禅家、道者偏爱之地,文人墨客、帝王将相也都纷纷在此留下足迹。山

山水里的父亲

间书院林立，历代摩崖石刻应接不暇，使得武夷山在茶香之外，也多了一份墨香，引人入胜。

而现在表舅看不到这一切了。

你满十八岁的时候，新冠病毒疫情在全球肆虐，北美更是疫情重灾区。从事餐饮业的表舅和表舅妈躲过了一个月、两个月、半年、一年，即便再小心翼翼防备着病毒的入侵，表舅却还是在难以控制的疫情大环境底下被感染了。

那个酷夏，你和表舅妈的世界坍塌了，感觉太阳都不再有光照到这个人间，世界在一声轰隆之后一片死寂，陷入永远的漆黑之中。

深夜，抢救室的灯灭了，医生垂头走了出来。你说那一刻，你知道一点点希望也没有了。

表舅妈在隔离病房外嚎啕大哭，你穿着厚厚的防护服，呆呆地，如同飘浮在太空里。空白之后的下一秒，是身体的震颤，眼泪控制不住地在脸上肆意流淌。

表舅妈见状，新一波的泪水夺眶而出，仿佛急雨簌簌落下。而她的脚上如同装了轮子，拖着已无感觉的身体向着抢救室拼命滑去。

你说自己那时候身体也很单薄,却用力拉住表舅妈,表舅妈倒在你的怀里。豆子大的泪水也不知道是你掉的,还是她落的,滴在身上,悲伤的海洋淹没了你们。

你说在表舅离开后的那个夜晚,你做了一场梦。

梦里,表舅是你有记忆以后看见的模样。中国南方山区男人并不高大的身躯,炯炯有神而发出亮光的眼睛,略黑而紧致的肌肤,白衣黑裤,他站在山水之间,那里并非你熟悉的北美野外风光,倒像是表舅曾经给你看过的中国山区图片里的景色。

岸上站着表舅,水面上是表舅的倒影,有鱼冒出来,水面旋即波动,表舅的身影犹如被一双透明的手在这水中浣洗,一节一节揉着。

当你把落在水上的视线抬起时,发现父亲消失了,水中的倒影也不见了。只见几个小孩在玩捉迷藏,其中一个孩子睁开眼的瞬间,你惊讶地发现他的眉眼仿佛父亲。男孩的玩伴一溜烟都跑掉了,他就满山遍野地找。

在一排水团花树的后面,他看到各式各样的菌菇正举着花伞玩,蜗牛在地上缓缓蠕动,如同背着行囊慢行的老人;在一块虎鲸状的巨石下面,他发现一只草蜥探着尖尖的小脑袋,黑亮的眼睛如豆子似转动着,忽一刻见到人就迅即逃走。他往四处扫视一番,也没见到其他孩子的身影,目光定焦在不远处的一棵树下。

那树应该是生长了许多年,有数十条气生根落下来,扎进土里,又茁壮起来,长成了新的树。

风知道他的寂寞,便精神地陪着男孩在林间跑来跑去,并用它那透明的手掌拂得草木沙沙地响。枝叶间挤满了鸟鸣声,一阵阵落下来,男孩的耳朵像是嘴巴,吃着那些声音。越来越多的绿向他靠了过来。

你知道,自己是梦见了童年时候的父亲。

我们入住山区民宿的夜晚,你说你也做了一场与他有关的梦。

那个男孩长大了一些,开始跟着家人上山采茶。村上栽植森森茶田,叶片嫩绿,是初长时的模样,风里起伏不息,若一方油翠的原野。那深处似有笑声而来,乌雀啼鸣,伴随枝叶相互敲打的声响,一点点靠近,银亮得恰似白花点缀于草叶间,发出细碎的光亮。

大人们让表舅干一会儿歇一会儿,而大人们继续采青,动作熟稔而悠缓,像棵古树享受着路过的清风。表舅在一旁唱歌给他们听。是当地的采茶歌,那歌声带着山里孩子专有的清澈与空灵,你听着,耳朵也被什么洗过一样清爽舒服,是什么呢?山泉、清风、露水⋯⋯这些都是,在歌声中,耳朵洗净了,身体洗净了,甚至是心也都跟着洗净了。

四周的鸟儿都向着男孩时的表舅飞过来了,一只松鼠拖着褐色蓬松的大尾巴从树干上纵身跃下,山猫、野兔也围上来,动物们都在不断地凑近他,一点都不害怕作为人类的表舅。

这山里的花、茶树上的叶,听着这歌声,仿佛也长得更好了。兰花在绿草丛中悄然绽放着,定睛一看,似乎还会随着音乐摇摆着乳白色的小脑袋。茶叶像大地伸出的绿色耳朵,聆听着四处的声音,碰到好听的,它们就把耳朵张得大大的,生怕漏听了那悦耳的每一个音节。就连一些枯木,闻着表舅的歌声,焦褐色的枝干上好似也在悄悄抽出生命的新芽,再一点点坚韧地长大。

岩茶的初制工艺非常精细,采青之后,要做青、杀青、揉捻、初焙、复焙、分筛、匀堆、炖火,最后再装箱。以前表舅都会跟你聊起这些。每一个工序里都饱含着他对故土的记忆,他曾和亲人们劳动的场景已经刻进心底,多少年过去,他也能随时脱口而出。

表舅也常常在家泡茶。从古至今,中国的茶叶就远销海外各地,即便在异国他乡,他也能买到来自武夷山的岩茶,这些茶叶散发着岩骨化香,让人宛若置身于中国南方潮湿而静谧的山林之间。独特而熟悉的口感仿佛针线,缝补着表舅那一颗久经漂泊而千疮百孔的心。你说不知道是自己父亲喝茶喝的慢,还是舍不得喝,一罐茶叶过了许久,打开,里面竟然也还剩许多。

你曾用手指轻轻点着橱柜里的茶叶,一罐,两罐,三罐……

山水里的父亲

在众多茶叶中,你发现有那么一罐藏在柜子里面很深的地方,铁皮罐有些斑驳了,上面印刷的字迹也略显模糊,是上了岁数的铁罐,父亲怎么唯独将它放在最里面?你一边想,一边伸手去拿这个犹如沉潜在深海里的宝箱。表舅过来,阻止你将它打开。后来,你知道,那一罐茶里藏着他的故乡。

你在梦里待了很长时间,醒来已经是中午,与我用过午餐后,好客的民宿老板邀我们喝茶。茶室中满是馥郁的岩茶香气,混合着红木家具散发出的幽幽花木香,你轻轻嗅着,刚清醒没多久的鼻翼这下也舒展起来。你说自己就像一个茶杯,不用喝茶,只闻着香气,身体里就已经倒满了茶。

老板笑意盈盈地为我们烧水,水壶很快咕噜咕噜响着,随即止住。他请茶、洗茶、泡茶、拂盖、封壶、分杯、回壶、分茶、奉茶、闻香、品茗,你一步一步看着,有时也动手学着。期间,老板聊起泡岩茶的步骤:"第一泡洗茶,出水快一点,把杯中的茶沫给刮出去,然后快速出水,不要闷泡;第二泡继续倒入沸水,稍微把杯盖移出些缝隙看茶水的颜色,有颜色了就可以倒出水,一般来说,清火的茶汤颜色较浅,足火的茶汤颜色就深很多……"

山里人的语音仿佛是从岩石里取出的,粗粝又带着厚实之感。你又想到自己父亲也是用这样的声音说话的,多少年过去了,他乡音未改鬓毛衰。你听着老板讲话,仿佛父亲就在身侧,他还会跟你说起茶叶具体的制作工艺:"这些春茶由四五月采摘,而到了五月底茶农要基本完成毛茶的制作,之后便是后期的精制环节,例如拣剔、分筛、风选和焙火等。往往茶农为了茶叶存放时间能够长一些，一般会焙二至三次火，也有少数茶农会焙到四次，每次焙火时间间隔三个月左右……"

品茶时，人仿佛走出了时间，可以聊长长的天，说久远的事，活成林中兀自流淌的溪。

你告诉我，表舅也会跟你说起斗茶。它发源于武夷山，从唐朝传到现在，历史悠久。斗茶会上，人山人海，热热闹闹。他说自己要穿过人挤人的人潮，才能钻到前面看个清楚。看到这边参与斗茶的茶农已把自家珍品茶叶摆上了桌，又烧着山泉水、江中水或是用心储存的天然露水，各家茶几上的茶器也都精美绝伦，各个细节都透着一股不想落下风的劲儿。那边评审已恭候着，他们睁大了眼睛、翕动着唇部，做好了即将品鉴的准备……

你从小在法拉盛长大，英文说的比中文流畅，来到自己父亲的故土，多半时候闭口不言，只是用耳朵聆听这里的声音，对所有人致以微笑。喝茶间隙，你不时看向窗外的溪流，是在想上游会漂来什么吗？我偶尔看到有树枝、针叶、小动物的浮尸，一切都在缓慢而显静谧地流动，你那记忆的波光是否也在轻轻晃动？

表舅生活在武夷山区的时候，当地人的生态保护意识还很薄弱，捕猎的，砍树的，比比皆是，人们对自然缺少敬畏之心。大雨滂沱的日子，这里常爆发山洪，表舅二十岁那年，家中遇到变故，住的房子正好处于洪峰过境的地方，在人员转移过程中，双亲不

山水里的父亲

幸跌落于汹涌的洪流当中，没有再起身上岸。他开始成为孤儿，离开村子，离开山区，离开悲伤，到了沿海的城市。他决定换一种人生，再也不哭，即便面对一无所有的日子，即便漂泊成了青春里的常态，他也不许自己脸上留下任何眼泪。

后来，他跟随一群福建人坐上了一艘船，那船从暗夜的海上出发，在汹涌的波涛中摇摆，晃动的不只是船身，每个人的命运也在其中晃荡，不知过了多久，终于在一个清晨，大把的光涌进船里，他跟众人就这样远渡重洋踏上异国他乡的土地。

二十岁，表舅离开这里。二十岁，你来到这里。时间与命运织出的线在这里交汇。而这一次，二十岁的你也带着自己父亲回来了。

你说，在大洋彼岸，疫情闹得凶的时候，每天都有数以千计的人死去。表舅有隐隐的担忧，每日愈发强烈起来。有一天，他叫你来到橱柜前。你看见他将藏得很深的那一罐茶叶取出，并打开。那茶叶的清香瞬间溢出来，飘得满屋子都是。

"这是'龙肉'。"表舅说。

"这不是茶吗？"你疑惑问着。

表舅就向你介绍起武夷山的肉桂茶。这些"肉"其实指的是肉桂，肉桂茶树是武夷原生树种，被发现已有一百多年历史。它奇香异质，香极辛锐，具有强烈的刺激感，是武夷岩茶的最佳当家品种，成为乌龙茶中的奇葩。

清代蒋衡在《茶歌》里是这样形容肉桂茶的，"奇种天然真味好，木瓜徽酽桂徽辛，何当更续歌新谱，雨甲冰芽次第论。"在当地，常听到的"牛肉"指的是牛栏坑肉桂，"马肉"是马头岩肉桂，"龙肉"则是九龙窠肉桂。

"这罐茶是我年轻的时候从山里带出来的，陪我很久很久了，熬过了很多苦难的时候，本来打算回中国的时候也带上它……如果我有天回不去了，你就带走它，埋到武夷山的九龙窠，那是深长峡谷，两侧峭壁连绵，逶迤起伏，形如九条龙，我们家祖辈常在那里采茶。这也算'叶落归根'了……"你很少见到自己父亲如此动容地讲述，仿佛他已知晓命运的预言而做着准备。你也从这些话里感受到了中国人骨子里深厚的乡愁，对生命原乡的眷恋不舍，年轻的你在一旁听着竟也泛起泪光。

2023年，全世界持续三年之久的新冠疫情告一段落，中国重新恢复了与海外各地的航班往来。你为这一天已经做了很久的准备，你要带着表舅的嘱托前往武夷山，前往这片从未谋面但分外熟悉的故乡。你兴奋地跑到表舅妈面前，告诉她："可以去中国了，可以去了！"

"一定一定要带上那罐茶，多拍点照片，我也想看看你爸生活的地方……"表舅妈也开心说着，因为要开店维持生计，无法和你同行。任她怎样控制语气来显得喜悦,也抵挡不住背后早已涌出的悲痛,你说自己是能感受到的。你对她点点头,就拖着早就收拾好的行李箱,前往机场。

民宿老板给了我们一张山区的地图,你用红笔在九龙寨的位置上特意标上了星形的记号。

穿梭在一条条山道上,有的是水泥路,有的是石板路,还有些是靠人们用双脚踩出来的黄泥路。你说你想到表舅从小到大都走在这些路上,用鞋子踩出成长的痕迹,往来于群山之间。他和所有的山民仿佛暗淡岁月中一颗颗奔走的星,从一个世界走向另一个世界,满怀期盼,身上缀着山间的花朵、草叶,走向了一个个明亮的日子。

恍惚间感觉时光在倒流,你不断往前走着,却好像是在走往过去,某个片刻,你告诉我,如果你停下来,回头,似乎就能见到表舅。表舅还是个跟你年纪相仿的少年,他跟林间的树木一样在茁壮长大。那时的青山也是年轻的,山间巨兽正打着温柔的鼾声,鸟飞得很低很低,有时就站在少年的身旁,啄着地上的草籽。

群山连绵,再加上江流、溪涧纵横交错,从高空俯视,颇像巨大墨绿袍子上搭配的白绸带。这些山奇险秀美、气势磅礴,这些水或静如处子缓慢流淌,或动若猛虎浩荡奔流。山山水水和特色民居共同绘就出福建风格的中国画卷。

你的内心在这片风景中，感到格外的宁静与安全。

起风了，森林、茶田都在风中招摇，仿佛一阵一阵绿色的海浪向你涌来。你在这片海里寻找表舅，他的身体似乎幻化在这风中，在这一路的草木与岩石中，你闻着，都是他的气味。

地图上画出的路线被我们越走越短，你知道自己离表舅越来越近了。

来到九龙窠，深长的峡谷内潮湿阴凉，瓜果香气浓郁。一排茶树早已茁壮葱郁，任何一根枝干上都已青苔遍布。你来到其中一棵树下，招呼我过去，说就这选这里吧。

我们挖好了土坑。你将带来的茶罐打开，一片一片的茶叶被你取出，一个又一个细小的表舅回到了他们的故乡。你将罐中最后一把茶叶倒在掌心，慢慢搓揉着，又在一个瞬间将鼻翼埋入双手中，闭上眼睛闻了很久很久，再放入坑中，并将土轻推进去，直到茶叶彻底被覆盖了，所有的表舅们都彻底融入了这片山水中。

你说，来年这里会长出新的茶树吧，其中有一棵一定是自己的父亲。他又将回到生命最初的状态，带着山的坚毅与水的温柔，一天天地长大。

你想到这，不禁笑了起来。

"武夷山上九条龙
十个包头九个穷
年轻穷了靠双手
老来穷了背竹筒
……"

不远处有三四个少年背着竹篓走过，他们年龄比你要小上几岁，唱着当地的歌谣，一副快乐的模样，似乎是这山间的精灵。背篓里面装着刚采摘的茶叶、水果、蔬菜、草药，还有一些野花，露出绿色、白色、黄色、粉色的小脑袋，仿佛刚出生的婴儿看着这个大大的世界。

福建历史以来各地均有许多茶乡民歌、民谣。这些民歌、民谣在武夷山区也流传的多，是村民或采茶人在茶事劳动中消遣娱乐的方式，歌词多描绘了茶工困苦的生活和采茶制茶的艰辛。每到风和日丽采茶之时，有男女青年盘歌或对歌，也有一唱众和或一唱一和，互相呼应，呈现一片茶园欢乐氛围，颇有苦中取乐之感。

你目不转睛望着这群在山中穿梭的少年，一首又一首的茶歌在他们口中唱着，某一首里有这么一段——

"想起崇安真可怜
半碗腌菜半碗盐
茶叶下山出江西
吃碗青茶赛过鸡

……"

听到歌里有自己的名字,你的脸不免泛红,又想起了什么,眼神变得飘忽。

风这时抚你一身清凉,它轻柔的手指拨开你的刘海,留下植物的清香,在发间,在皮肤上,也一点点飘进你的鼻子里,浸入你的身体,成为生命中不会忘记的气味。

一阵一阵的风吹着,山的气息未曾间断。

你告诉我,表舅此刻就在这里呼吸着。

"崇安,崇安……"

你的名字,一遍一遍被唱起,是这片土地在亲切地喊你,也仿佛是表舅在声声呼唤你。

你的名字,是一把未曾与门磨合过的钥匙,却严丝合缝打开了山水的家门。

# 千山告白

出生在最普通家庭的我，从小就觉得家里很空，没什么人来，除了风，还是风，每天反复又自在地在那贫穷的空间里穿梭。

我清楚父母无法传给自己多少东西。但成年后，我发现我那终日钻入山林、田园谋生的父亲，倒是将他年轻时就白头的基因传给了我。

我常对着镜中的自己发呆，长在双鬓的一撮撮白发，被入室的阳光照得分外明亮，仿佛雪落在我的发梢上。一根根青丝相连，匍匐成连绵的山峦，时间不知不觉就降下了雪。一片青黛染上霜白，像河流从顶端淌下，越来越大片的白覆盖在头发上，我能料想到，在我还未年老的时候，头上就将白茫茫。

若是站在夕阳暮色之下，不知道有多少人会站在我身后透过我的头发感叹岁月的苍凉，而我并不叹息，在黄昏的镜中看这一根根发丝，倒有些日照金山的美感。

所以成长于南方的我对雪的颜色并不陌生,也时不时对自己头上的"雪山"看得入迷。

高三那年,我十八岁了,想去看看真正的雪山。

那时候,时代已经在瞬息万变之中。大家有万千选择,大家又别无选择。父母的争吵,繁重的课业,不确定的未来,我没能在其中周旋而成为坚强的人。相反,我越来越脆弱,生命薄得像根发丝般易断,是心中的雪山和暗恋的人疗愈我,使我不曾发疯,也不曾看向深渊。

雪山以它圣洁、沉稳、坚固的姿态征服我,并给我一种力量去拥抱所有青春期的跌宕与彷徨。而暗恋的人是我心中的暮色与月光,永远柔和、安静,陪伴我度过了极其躁动的时刻,让黑暗不抵达我,不吞没我。我曾设想过和喜欢的人去看雪山,但一次次在学校遇见对方时,或是偶尔与之相约湖畔之际,我都未曾说过。

高考之后,我们在网络上告知了彼此成绩。殊不知关闭电脑后,青春的幕布拉下,我们再无多少关联,曾许下的愿望只成为我一个人长久的夜色,而那场暗恋由始至终也只是我心中的兵荒马乱。想到自己还年轻,将来有天再去看雪山吧。十几岁的梦想就此搁置。

后来,读完硕士,我紧接着就去工作了。跨出校园,才看清所在的小城每天都是一副灰扑扑的模样；自己机械的身躯为生活奔波，熬夜时常见到窗外的暗；应对周围形形色色的人，愈发瞥见人心。浓稠如卤水的黑暗浸透着我，我是这水上的漂浮物，是时间的食物，一种巨大的消逝感正吞没我。

疲惫之时，脑海里就泛起昔日执念的水光：我想见见雪山，见这世间庞大、坚定又干净的所在。

先是贡嘎的雪花救下了尘世中困顿的我。细雪飘落，旋即在肩膀铺上薄薄一层，这是天地中最干净的絮语，也是漆黑中闪烁的希望。站在白茫茫的世界里，大地上只有我跟雪了。我被白色深深地拥抱，而与自己一并而来的复杂、无常、失落与脆弱，不知所终，或许它们也正被这茫茫冰雪拥抱并覆盖。世界安静极了，谁在这里，都仿佛回到了生命的原乡。

在鱼子西，有人在冷夜中燃起烟火。过了很久，鼻子总会想起那一股红磷燃烧的气味。花火绚烂，明明灭灭，众人欢呼。而我知道在那一夜的喧闹过去以后，就是无边的寂静，心上的冷将扩大地盘，谁也无法将其焐热。我们注定在风中过着苍凉的一生。

太阳出来后，贡嘎金光闪闪，鱼子西变得灿烂了。日光直射着低处岩面上的一小块冰。那冰块如琥珀一般。我盯着正在蜕变的它，满心期待，像在迎接新的事物降临。冰一点点地化，我的心却越跳越快。时间抽丝剥茧，冰最后化了，化为乌有，只有一片水渍，很快也被日光擦干了。

**站在晴朗里**

什么都变化了，什么最后都没改变。冰里没装着别的，要说有，仅仅是我们的虚空。而我们期待的世界到头来依旧是老样子。我也清楚，眼前的一切模拟了每个人的一生。谁也逃不掉这自然的寓言。

　　在稻城亚丁，那些被白色包裹的山峰，见不到多少裸露的青岩，站在我面前，周身散发银色的光泽，像一个个神。而我双肩盛着这些光束，渐渐地，不被任何心事折磨，只沿着时间的路，成为自己的海，无边，辽阔；成为自己的星，微小，耀眼。

　　来到雪山下，许多人都想登顶雪峰。而这从来不是我的梦想，也永远不会是。

　　在当今的世界，许多事变得越来越轻而易举，我们总要保留一些无法抵达的崇高，成为生命中的星空，为身处寒夜中的人做最后的支撑。若有高山，我必仰望；若有辉煌，我必惊叹。我从来不会在乎姿态的高低，因为我从底层来，生来没有姿态。

　　我对着雪山热泪盈眶。说了什么，喊了什么，记不住了，只记得在风雪中，声音有了形状，或如丝绒，或如条带，或如团块，硬的，软的，如山，亦如水，在我的耳膜上细细地画。

　　空无一人的角落里，万径皆是雪，鸟失去踪迹，我没动，时间也不动。而风雪正独立于时间之外，超越一切，在动。雪来了一阵又一阵，先前若是有人从这走过，留下的足印到此时也已被雪覆盖，谁也没来过一样，空空的，就像我小时候的那个家。

这些年，我在千山之中安顿自身。

去过康巴、武夷、玉龙、武隆、缙云、鼓岭、仙翁、四丰……目之所及，群山入云霄，高峰后有低谷，低谷往上又起峰。起起伏伏中，时间带来了凝固的造型和生命的隐喻。而当疾风吹散云烟后，看那峰尖是世间广厦无法比拟的高度，仿佛有一种隐匿的力量从那里通往天穹，给人无尽的神圣和崇高之感。

站在千山之间，我期待一场场雪落下，它们会用纯洁的颜色与这个世界告白。

在雪与雪之间，在湖泊和我的瞳孔之间，世间万物没有差别。只有白色漫过了一切。

我在这白色里感恩自然的慈悲。一种力量静静坐在身旁，生着温柔而透明的火焰。生与死，悲与喜，爱与恨，都化为空气，冷冽而平静。我的白发也与白色的世界融为一体。

而日子正蹚过一场场岁月的深雪，来与我照面。我的内心因此在众声喧哗、颠簸摇晃的人间足以平静。